HAROLD R FOSTER

W0237039

Band 16 der

Prinz Eisenherz

Werkausgabe

ORIGINALSEITEN 685–728

Aletas Kriegslist

CARLSEN VERLAG

CARLSEN COMICS
Lektorat: Andreas C. Knigge und Uta Schmid-Burgk
1. Auflage August 1992
© Carlsen Verlag GmbH · Hamburg 1992
Aus dem Amerikanischen von Wolfgang J. Fuchs
PRINCE VALIANT (page 685–728)
Copyright © 1992 by King Features Syndicate, distr. by Bulls
Redaktion: Andreas C. Knigge
Lettering: Oliver Müller
Druck und buchbinderische Verarbeitung:
Proost (Turnhout/Belgien)
Alle deutschen Rechte vorbehalten
ISBN 3-551-71516-5
Printed in Belgium

Prinz Eisenherz
Aus den Tagen König Arthurs
BY HAROLD R FOSTER
WEISS, KLAR UND STILL KEHRT DER WINTER IN THULE EIN. DER NORDSTERN FUNKELT HOCH OBEN AM HIMMEL, WÄHREND DIE SONNE TIEF ÜBER DEN BERGEN IM SÜDEN STEHT. ABER DER KÖNIG IST GLÜCKLICH, DENN PRINZ EISENHERZ, SEIN EINZIGER SOHN, IST ZU HAUSE. SEIN ENKEL IST GESUND, LAUT UND LIEBENSWERT, WÄHREND ALETA, SEINE SCHWIEGERTOCHTER, IHN BELÄCHELT, IN SEINEM HAUS HERUMKOMMANDIERT UND BEZAUBERND AUSSIEHT. ER IST ZUFRIEDEN.
DIE WINTERTAGE VERGEHEN WIE IM FLUGE. FROHE TAGE LASSEN DIE SORGENFALTEN AUS DEM ANTLITZ DES KÖNIGS VERSCHWINDEN. SEIT DER SCHWEREN VERLETZUNG VON EISENHERZ SIND FÜNF MONATE VERGANGEN. ER MACHT SICH SORGEN, DENN SEINE LINKE SEITE FÜHLT SICH IMMER NOCH SCHWACH UND STEIF AN.
SEIT ALETA IM PALAST IST, GIBT ES DORT KEINEN RAUM FÜR SORGEN. DAS ALTE GEMÄUER HALLT WIDER VOM LACHEN JUNGER STIMMEN UND TANZENDER FÜSSE. ALETA WAR NOCH NIE GLÜCKLICHER.
ES GIBT IMMER EINEN, DER MEINT, FUNKELNDE AUGEN UND LACHENDE LIPPEN WÄREN EINE EINLADUNG, DIE AUSGERECHNET IHM GELTE.
"ALETA IST ZWEIFELSOHNE IN MICH VERLIEBT", DENKT DAS JUNGE PRINZCHEN. "ICH WILL NICHT SO SEIN UND IHR EINIGE KÜSSE UND VIELLEICHT EINE UMARMUNG GEWÄHREN."
ALSO FOLGT ER IHR IN EINEN FLUR, LEGT SEINEN ARM UM IHRE SCHLANKE TAILLE UND ZIEHT SIE ZU SICH...
...ABER ER KÜSST SIE NICHT, SONDERN LÄSST SIE LOS UND WEICHT ZURÜCK. SIE HAT SICH NICHT GEWEHRT UND NICHTS GESAGT. SIE HAT IHN NUR EISKALT ANGEBLICKT. ER HAT GRENZEN DER RANGORDNUNG VERLETZT.
COPR. 1960, KING FEATURES SYNDICATE, Inc., WORLD RIGHTS RESERVED. 685 3-26-50
HAL FOSTER
SIE HÖREN STAHL ZISCHEN UND DREHEN SICH UM. IM DURCHGANG STEHT ARF, ZORN IM AUGE UND EIN SCHWERT IN DER HAND!

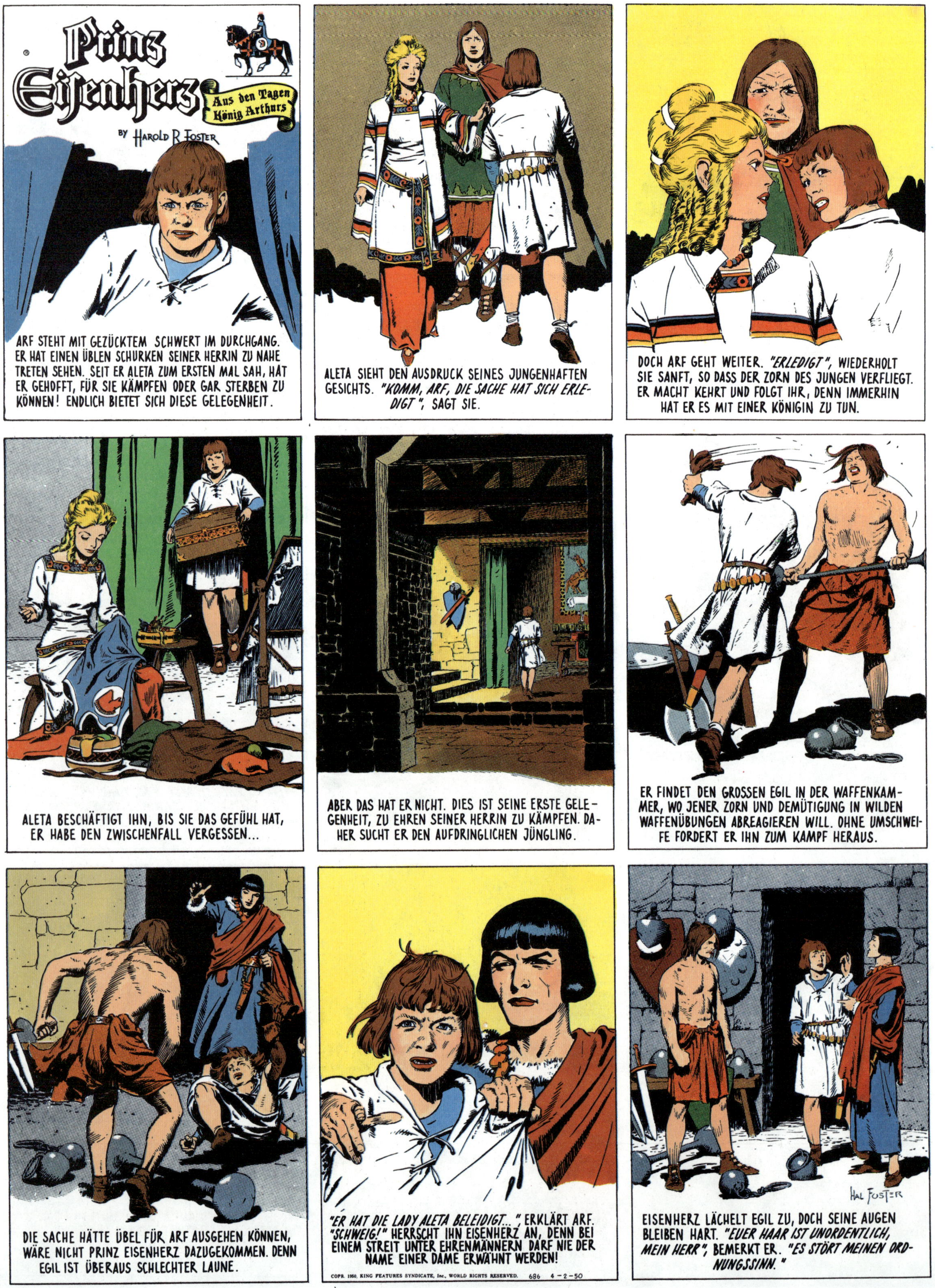
Prinz Eisenherz
Aus den Tagen König Arthurs
BY HAROLD R FOSTER
ARF STEHT MIT GEZÜCKTEM SCHWERT IM DURCHGANG. ER HAT EINEN ÜBLEN SCHURKEN SEINER HERRIN ZU NAHE TRETEN SEHEN. SEIT ER ALETA ZUM ERSTEN MAL SAH, HAT ER GEHOFFT, FÜR SIE KÄMPFEN ODER GAR STERBEN ZU KÖNNEN! ENDLICH BIETET SICH DIESE GELEGENHEIT.
ALETA SIEHT DEN AUSDRUCK SEINES JUNGENHAFTEN GESICHTS. "KOMM, ARF, DIE SACHE HAT SICH ERLEDIGT", SAGT SIE.
DOCH ARF GEHT WEITER. "ERLEDIGT", WIEDERHOLT SIE SANFT, SO DASS DER ZORN DES JUNGEN VERFLIEGT. ER MACHT KEHRT UND FOLGT IHR, DENN IMMERHIN HAT ER ES MIT EINER KÖNIGIN ZU TUN.
ALETA BESCHÄFTIGT IHN, BIS SIE DAS GEFÜHL HAT, ER HABE DEN ZWISCHENFALL VERGESSEN...
ABER DAS HAT ER NICHT. DIES IST SEINE ERSTE GELEGENHEIT, ZU EHREN SEINER HERRIN ZU KÄMPFEN. DAHER SUCHT ER DEN AUFDRINGLICHEN JÜNGLING.
ER FINDET DEN GROSSEN EGIL IN DER WAFFENKAMMER, WO JENER ZORN UND DEMÜTIGUNG IN WILDEN WAFFENÜBUNGEN ABREAGIEREN WILL. OHNE UMSCHWEIFE FORDERT ER IHN ZUM KAMPF HERAUS.
DIE SACHE HÄTTE ÜBEL FÜR ARF AUSGEHEN KÖNNEN, WÄRE NICHT PRINZ EISENHERZ DAZUGEKOMMEN. DENN EGIL IST ÜBERAUS SCHLECHTER LAUNE.
"ER HAT DIE LADY ALETA BELEIDIGT...", ERKLÄRT ARF. "SCHWEIG!" HERRSCHT IHN EISENHERZ AN, DENN BEI EINEM STREIT UNTER EHRENMÄNNERN DARF NIE DER NAME EINER DAME ERWÄHNT WERDEN!
COPR. 1950, KING FEATURES SYNDICATE, Inc., WORLD RIGHTS RESERVED. 686 4-2-50
HAL FOSTER
EISENHERZ LÄCHELT EGIL ZU, DOCH SEINE AUGEN BLEIBEN HART. "EUER HAAR IST UNORDENTLICH, MEIN HERR", BEMERKT ER. "ES STÖRT MEINEN ORDNUNGSSINN."

Prinz Eisenherz
Aus den Tagen König Arthurs
BY HAROLD R FOSTER
DER JUNGE ARF HAT EINEN UNVERZEIHLICHEN FEHLER BEGANGEN, ALS ER BEI EHRENHÄNDELN DEN NAMEN EINER DAME ERWÄHNTE. FASZINIERT SIEHT ER ZU, WIE ZWEI EHRENMÄNNER NACH ALLEN REGELN DER RITTERLICHKEIT IHREN TOD VORBEREITEN.
"ICH HABE ORDNUNGSSINN", WIEDERHOLT EISENHERZ. "UND EUER UNORDENTLICHES HAAR STÖRT MICH."
"RITTER EISENHERZ, ICH BEZWEIFLE, DASS IHR DIE FÄHIGKEITEN MEINES BARBIERS GERECHT BEURTEILEN KÖNNT", ERWIDERT EGIL.
"ES IST EINE ERNSTE ANGELEGENHEIT, MEINEN GUTEN GESCHMACK IN FRAGE ZU STELLEN, JARL EGIL!"
"UND DOCH, RITTER EISENHERZ, BLEIBE ICH DABEI, DASS ES EUCH VÖLLIG AN DIESER GOLDENEN TUGEND MANGELT!"
"JARL EGIL, WIR HABEN DAS PROBLEM MIT SCHARFER LOGIK DISKUTIERT UND KEIN ERGEBNIS ERZIELT. SO BLEIBT UNS NUR NOCH EIN WEG..."
"ICH VERSTEHE, RITTER EISENHERZ. DIE ANGELEGENHEIT IST ZU WICHTIG, UM UNGEKLÄRT ZU BLEIBEN. EIN WAFFENGANG MUSS DIE ENTSCHEIDUNG BRINGEN!"
FREUNDE WERDEN GEBETEN, DIE BEDINGUNGEN FÜR DAS DUELL FAIR UND INSGEHEIM AUSZUHANDELN, DENN EISENHERZ IST EIN KÖNIGSSOHN UND EGIL NUR EIN KLEINER PRINZ VON GERINGEM ADEL.
EISENHERZ SUCHT IN DER WAFFENKAMMER EINEN GEEIGNETEN SCHILD, DENN WEGEN SEINER BEINAHE TÖDLICHEN VERLETZUNG IST SEIN SCHILDARM NOCH IMMER STEIF UND SCHWACH.
ARF VERKRIECHT SICH ALLEIN IN SEINEM ZIMMER, UM DARÜBER NACHZUDENKEN, WAS ER SCHRECKLICHES ANGERICHTET HAT. SEIN STURER WILLE, MUT ZU BEWEISEN, HAT PRINZ EISENHERZ IN EINEN TÖDLICHEN KAMPF GETRIEBEN.
DER GROSSE EGIL KOCHT VOR WUT. ALETA GAB IHM DAS GEFÜHL, EIN TÖLPEL ZU SEIN, EIN EINFACHER KNAPPE HAT IHM INS GESICHT GESCHLAGEN, UND WÄHREND ER GAST IM PALAST WAR, HAT ER SICH ZU EINEM DUELL MIT DEM SOHN SEINES KÖNIGS VERABREDET...
COPR. 1950, KING FEATURES SYNDICATE, Inc., WORLD RIGHTS RESERVED. 687 4-9-50
HAL FOSTER
EISENHERZ ENTSPANNT SICH INDESSEN AM FEUER MIT SEINER ANMUTIGEN FRAU UND MACHT PLÄNE FÜR DAS GEFÄHRLICHE GESCHÄFT DES FOLGENDEN MORGENS...

Prinz Eisenherz
Aus den Tagen König Arthurs
BY HAROLD R FOSTER
PRINZ EISENHERZ LEHNT SICH ENTSPANNT NEBEN DEM FEUER ZURÜCK, MACHT PLÄNE FÜR DAS DUELL MIT JARL EGIL UND HÖRT ALETAS FRÖHLICHEM GEPLAUDER ZU.
ER FRAGT SICH, OB DIE WARMEN, SAMTWEICHEN LIPPEN VON SOVIEL BEWEGUNG WOHL HART UND MUSKULÖS WERDEN. DENN SIE SCHEINT UNERMÜDLICH ZU PLAUDERN, OBWOHL IHM DER SINN IHRER WORTE KAUM KLAR WIRD, DA SIE KAUM EINEN SATZ BEENDET, TEILS MIT IHM, TEILS MIT SICH UND TEILS MIT NIEMAND BESTIMMTEM ZU REDEN SCHEINT.
SOLLTE UNTER DEN GOLDENEN LOCKEN WIRKLICH EINE SPUR VON VERSTAND STECKEN? DANN BLICKT SIE MIT ERNSTEN, GRAUEN AUGEN AUF UND SAGT: "DU KÄMPFST MORGEN."
EISENHERZ SPRINGT AUF: "WER HAT DIR DAS GEHEIMNIS VERRATEN? WOHER WEISST DU DAVON?"
"DEIN GESICHT UND DEINE AUGEN HABEN DEN AUSDRUCK, DEN SIE IMMER HABEN, WENN EIN KAMPF BEVORSTEHT.", ANTWORTET SIE.
"UND WESHALB SOLLTE ICH NICHT JEDEN DEINER GEDANKEN KENNEN? ICH LIEBE DICH DOCH. WÄRE ICH NICHT DEINE KÖNIGIN, WÄRE ICH NUR ZU GERNE DEINE SKLAVIN. BIST DU FORT, GIBT ES FÜR MICH KEINE SONNE, KEINE MUSIK, KEIN LACHEN. SETZ DEIN LEBEN NICHT LEICHTFERTIG AUFS SPIEL!"
IM MORGENGRAUEN WIRD DAS KLEINE, SÜSSE MÄDCHEN, DAS ZITTERND IN SEINEM ARM LAG, WIEDER ZUR FRAU DES KRIEGERS. BEIM ANLEGEN DER RÜSTUNG BEFIEHLT SIE: "JETZT KÄMPFE GUT UND SIEGE SCHNELL, DAMIT DU RECHTZEITIG ZUM ABENDESSEN ZURÜCK BIST."
COPR. 1950, KING FEATURES SYNDICATE, Inc., WORLD RIGHTS RESERVED. 658 4-16-50
ALS EISENHERZ ZUM GEFÄHRLICHSTEN – UND SINNLOSESTEN – DUELL SEINES LEBENS REITET, SCHÜTTELT ER DEN KOPF. NIEMALS WIRD ER KÖNIGINNEN VERSTEHEN, GESTEHT ER SEINEM PFERD. NIEMALS!
HAL FOSTER
DOCH VON IHREM VERTRAUEN ERMUTIGT, REITET ER FORT. SIE HAT IHM MUT GEMACHT, UND ZWAR DEN GANZEN MUT, DEN SIE AUFBRINGEN KONNTE.

Prinz Eisenherz
Aus den Tagen König Arthurs
BY HAROLD R FOSTER
PRINZ EISENHERZ REITET ZU DEM TREFFEN MIT JARL EGIL. ER VERSPÜRT KEINE WILDE KAMPFESLUST, DENN DIESES DUELL IST DIE TÖRICHTE FOLGE ÜBLER LAUNE UND VERLETZTEN STOLZES.
EGIL ERWARTET IHN SCHON. ERNIEDRIGUNG UND VERZWEIFLUNG HABEN IHN ZU EINEM TODFEIND GEMACHT. DENN FALLS ER GEWINNT, MUSS ER VOR DER RACHE DES KÖNIGS FLIEHEN.
GERÜSTET, ABER UNBEWAFFNET STEHEN SIE VOR DEM TISCH UND WÄHLEN ABWECHSELND DIE DREI WAFFEN, DIE IHNEN LAUT REGLEMENT ZUSTEHEN.
EGIL WÄHLT EIN STIELBEIL, EINE STREITKEULE UND SEIN SCHWERT. EISENHERZ NIMMT EINE PEITSCHENKEULE, EINEN DOLCH UND EIN SCHWERT.
"EUER SCHWERT! IHR HABT EUER SCHWERT VERGESSEN!" RUFT ARF. DOCH EISENHERZ SCHÜTTELT DEN KOPF. "AUF DER SCHNEIDE STEHT, DAS 'SINGENDE SCHWERT' BIRGT EINEN ZAUBER FÜR DEN, DER ES FÜR EINE GUTE SACHE FÜHRT. UND DIES IST KEINE GUTE SACHE", SAGT ER.
ALSDANN BESTEIGEN SIE IHRE PFERDE, GRÜSSEN SICH UND BEGINNEN DEN WETTKAMPF.
BEIM ERSTEN ANGRIFF SPÜRT EISENHERZ, DASS SEINE GESCHWÄCHTE LINKE SEITE UND DER LEICHTE SCHILD DIE SCHLÄGE DES STIELBEILS NICHT LANGE AUSHALTEN WERDEN.
DANK ÜBERRAGENDER REITKUNST LENKT ER SEIN PFERD SO, DASS ER GANZ NAHE AM GEGNER BLEIBT UND SOMIT DEN EINSATZ DER LANGEN WAFFE UNMÖGLICH MACHT.
COPR. 1960, KING FEATURES SYNDICATE, Inc., WORLD RIGHTS RESERVED 684 4-23-50
HAL FOSTER
ZUFÄLLIG ODER ABSICHTLICH TÖTET EIN GEWALTIGER SCHLAG DAS PFERD VON EISENHERZ, SO DASS ROSS UND REITER ZU BODEN KRACHEN.

Prinz Eisenherz
Aus den Tagen König Arthurs
BY HAROLD R FOSTER
EGILS FÜRCHTERLICHE SCHLÄGE MACHEN ARM UND SCHILD VON PRINZ EISENHERZ KAMPFUNTAUGLICH. DANN TÖTET EIN DANEBENGEGANGENER SCHLAG DAS PFERD VON EISENHERZ UND LÄSST IHN SAMT PFERD ZU BODEN STÜRZEN.
MIT TRIUMPHGEHEUL LÄSST EGIL SEIN PFERD ÜBER EISENHERZ VOR- UND ZURÜCKGEHEN, UM DEN AM BODEN LIEGENDEN SEIN LEBEN UNTER DEN PFERDEHUFEN AUSHAUCHEN ZU LASSEN!
MIT DER KRAFT DER VERZWEIFLUNG PACKT EISENHERZ DAS STEIGBÜGELLEDER UND LÄSST SICH VON EGILS PFERD UNTER SEINEM EIGENEN HERVORZIEHEN.
LANGSAM ZIEHT ER SICH HOCH UND DRÜCKT SICH DABEI SO NAHE AN EGIL, DASS DER SEINE TÖDLICHE WAFFE NICHT EINSETZEN KANN.
KURZE ZEIT RINGEN SIE SCHWEIGEND MITEINANDER... DANN REISST DER SATTELGURT.
SCHWERTER WERDEN GEZÜCKT, UND DAS DUELL GEHT WEITER. EISENHERZ' LINKER ARM IST WIE TAUB. ER MUSS MIT DEM SCHWERT EGILS ANSTURM ABWEHREN. ER WIRD SCHRITT UM SCHRITT ZURÜCKGEDRÄNGT.
DER JUNGE ARF IST VERZWEIFELT! SEIN HERR, SEIN HELD WIRD MIT JEDEM SCHLAG HILFLOSER. ER BETET UM EIN WUNDER.
COPR. 1950, KING FEATURES SYNDICATE, Inc., WORLD RIGHTS RESERVED. 690 4-30-50
HAL FOSTER
ABER ES GESCHIEHT KEIN WUNDER... ALSO STIEHLT ER SICH UNAUFFÄLLIG DAVON UND BEWIRKT SELBST EINES!

®
Prinz Eisenherz
Aus den Tagen König Arthurs
BY HAROLD R. FOSTER
IM DUELL MIT EGIL BEFINDET SICH PRINZ EISENHERZ AM RANDE EINER NIEDERLAGE. ARF BETET UM EIN WUNDER. ALS KEINES GESCHIEHT, KLETTERT ER AUFS SCHNEEBEDECKTE DACH UND SORGT SELBST FÜR EINES.
DER VON DER FRÜHLINGSSONNE NASSE, SCHWERE SCHNEE IST DURCH DEN STURZ EINE FESTE MASSE GEWORDEN. ES DAUERT EINIGE ZEIT, EHE DIE DUELLANTEN BEFREIT SIND.
EISENHERZ, DER VOR SCHWÄCHE TAUMELTE, IST WEICH GEFALLEN UND UNVERLETZT GEBLIEBEN.
DOCH DER VOR WUT RASENDE EGIL HATTE SICH BEIM AUFPRALL SO VERSTEIFT, DASS ER JETZT EINE ACHILLESSEHNENVERLETZUNG HAT.
"ICH BIN BEREIT, WEITERZUMACHEN, RITTER EISENHERZ", SAGT EGIL. "WENN IHR STERBEN WOLLT, DANN TUT ES IM EDLEN KAMPF FÜR KÖNIG UND VATERLAND UND NICHT BEI EINEM SINNLOSEN STREIT", ERWIDERT EISENHERZ.
EISENHERZ LÄCHELT UND LACHT DANN LAUTHALS. "ES IST NUR GERECHT, DASS EIN SO DUMMES DUELL EIN SO DUMMES ENDE NIMMT."
631 5-7-50
COPR. 1950, KING FEATURES SYNDICATE, Inc., WORLD RIGHTS RESERVED.
IM GLEICHEN AUGENBLICK HAT DER KÖNIG NICHTS ZU LACHEN. ER STEHT VOR EINEM URALTEN PROBLEM, DAS MANCHMAL GUT, MANCHMAL TRAGISCH, IMMER ABER GEFÄHRLICH IST. EINER SEINER JARLS SAGT: "DIESE FREMDEN KAMEN ZU UNS, UM DIE ALTEN GÖTTER ZU ENTTHRONEN UND ALTÄRE FÜR EINEN NEUEN GOTT ZU ERRICHTEN. VIELE HABEN DEM GLAUBEN IHRER VÄTER ABGESCHWOREN UND FOLGEN IHNEN. ES HERRSCHT VERWIRRUNG IM LANDE."
HAL FOSTER

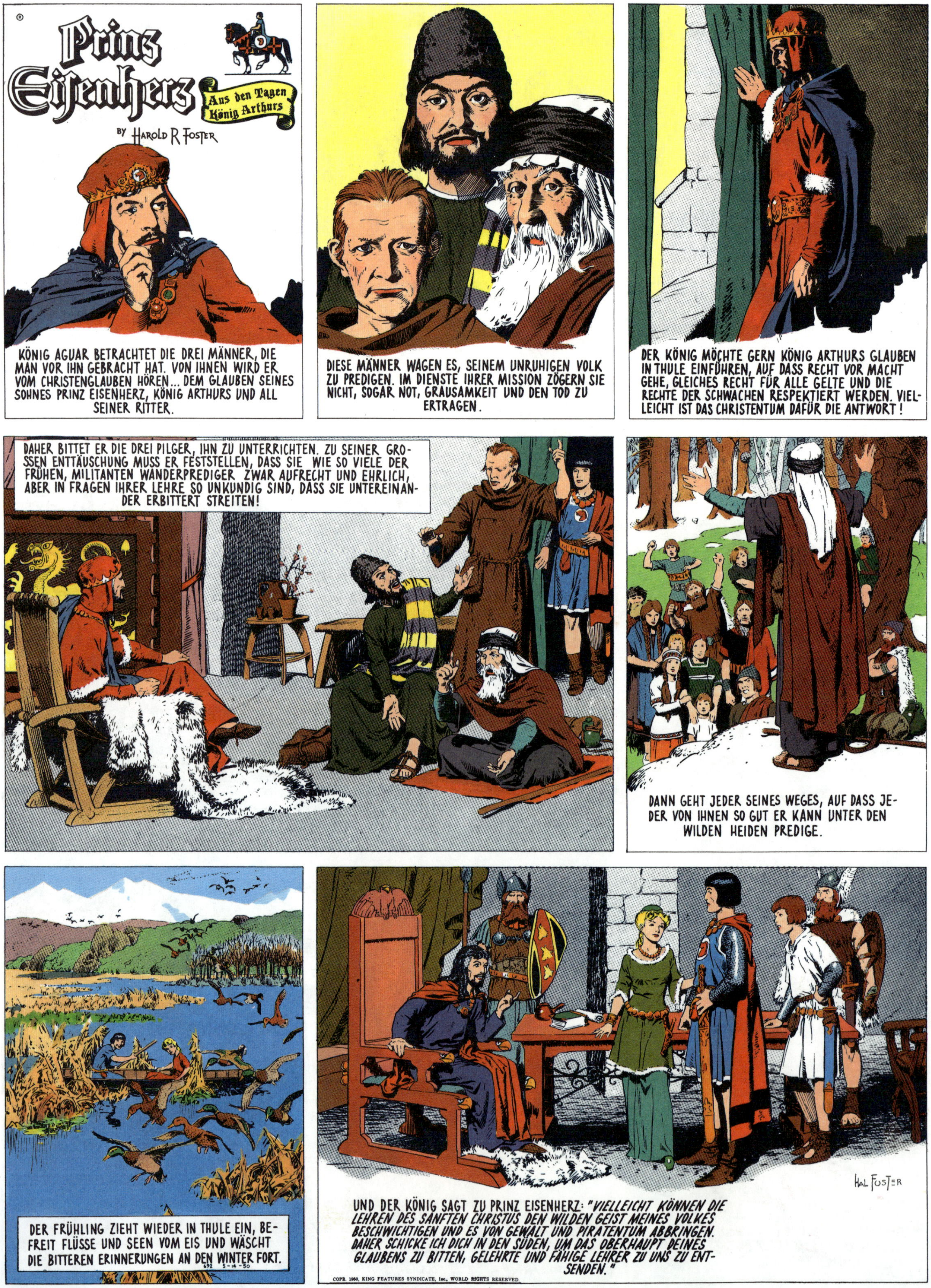

Prinz Eisenherz
Aus den Tagen König Arthurs
BY HAROLD R FOSTER
KÖNIG AGUAR BETRACHTET DIE DREI MÄNNER, DIE MAN VOR IHN GEBRACHT HAT. VON IHNEN WIRD ER VOM CHRISTENGLAUBEN HÖREN... DEM GLAUBEN SEINES SOHNES PRINZ EISENHERZ, KÖNIG ARTHURS UND ALL SEINER RITTER.
DIESE MÄNNER WAGEN ES, SEINEM UNRUHIGEN VOLK ZU PREDIGEN. IM DIENSTE IHRER MISSION ZÖGERN SIE NICHT, SOGAR NOT, GRAUSAMKEIT UND DEN TOD ZU ERTRAGEN.
DER KÖNIG MÖCHTE GERN KÖNIG ARTHURS GLAUBEN IN THULE EINFÜHREN, AUF DASS RECHT VOR MACHT GEHE, GLEICHES RECHT FÜR ALLE GELTE UND DIE RECHTE DER SCHWACHEN RESPEKTIERT WERDEN. VIELLEICHT IST DAS CHRISTENTUM DAFÜR DIE ANTWORT!
DAHER BITTET ER DIE DREI PILGER, IHN ZU UNTERRICHTEN. ZU SEINER GROSSEN ENTTÄUSCHUNG MUSS ER FESTSTELLEN, DASS SIE WIE SO VIELE DER FRÜHEN, MILITANTEN WANDERPREDIGER ZWAR AUFRECHT UND EHRLICH, ABER IN FRAGEN IHRER LEHRE SO UNKUNDIG SIND, DASS SIE UNTEREINANDER ERBITTERT STREITEN!
DANN GEHT JEDER SEINES WEGES, AUF DASS JEDER VON IHNEN SO GUT ER KANN UNTER DEN WILDEN HEIDEN PREDIGE.
DER FRÜHLING ZIEHT WIEDER IN THULE EIN, BEFREIT FLÜSSE UND SEEN VOM EIS UND WÄSCHT DIE BITTEREN ERINNERUNGEN AN DEN WINTER FORT.
492 5-14-50
HAL FOSTER
UND DER KÖNIG SAGT ZU PRINZ EISENHERZ: "VIELLEICHT KÖNNEN DIE LEHREN DES SANFTEN CHRISTUS DEN WILDEN GEIST MEINES VOLKES BESCHWICHTIGEN UND ES VON GEWALT UND PIRATENTUM ABBRINGEN. DAHER SCHICKE ICH DICH IN DEN SÜDEN, UM DAS OBERHAUPT DEINES GLAUBENS ZU BITTEN, GELEHRTE UND FÄHIGE LEHRER ZU UNS ZU ENTSENDEN."
COPR. 1960, KING FEATURES SYNDICATE, Inc., WORLD RIGHTS RESERVED.

Prinz Eisenherz
Aus den Tagen König Arthurs
BY HAROLD R FOSTER
KÖNIG AGUAR MÖCHTE PRINZ EISENHERZ EINE PRÄCHTIGE ESKORTE, DIE EINES PRINZEN VON THULE WÜRDIG IST, MIT AUF DEN WEG NACH ROM GEBEN. DOCH EISENHERZ HAT ANDERE PLÄNE. EINE KLEINE ARMEE WÜRDE NUR VERDACHT ERREGEN UND ZU ANGRIFFEN VERLEITEN.
ER ERINNERT SICH, WIE ER MIT DEN RITTERN TRISTAN UND GAWAIN DURCH EUROPA ZOG UND PRAKTISCH KEINE ERNSTHAFTEN PROBLEME UND TÖDLICHE ZWISCHENFÄLLE ERLEBTE.
ZUNÄCHST BRAUCHT ER EINEN GEFÄHRTEN MIT WACHEM VERSTAND UND FLINKER ZUNGE, UM ÄRGER FERNZUHALTEN. WER AUSSER RUFUS REGAN KÄME DA IN FRAGE?
FÜR DEN FALL, DASS ÄRGER UNVERMEIDLICH WÄRE, WÜRDE EIN MANN GEBRAUCHT, DER EIN TURM AN STÄRKE IST... ABER WER? EISENHERZ MACHT SICH AUF DIE SUCHE.
JARL EGIL ERHEBT SICH MÜHSAM VOR SEINEM ALTEN FEIND. SEIT DEM DUELL LEBTE ER IN STÄNDIGER FURCHT VOR DEM ZORN DES KÖNIGS.
STATT DESSEN ERHÄLT ER EIN HERRLICHES ANGEBOT. "ICH BRAUCHE EINEN ERPROBTEN KÄMPFER ALS BEGLEITUNG FÜR EINE REISE NACH ROM", SAGT EISENHERZ. "KOMMT IHR MIT?"
NOCH JEMAND WIRD MIT AUF DIE REISE GESCHICKT. "DU NIMMST ARF MIT", VERKÜNDET ALETA. "PASS GUT AUF DEN LIEBEN JUNGEN AUF, UND SIEH ZU, DASS ER SEINE STUDIEN NICHT VERNACHLÄSSIGT!"
COPR. 1960, KING FEATURES SYNDICATE, Inc., WORLD RIGHTS RESERVED.
"ER IST LANG GENUG IN MICH VERLIEBT GEWESEN. JETZT, WO ER ERWACHSEN WIRD, IST ES HÖCHSTE ZEIT, DASS DU IHN MIT HINAUS IN DIE WELT NIMMST."
693 5-21-50
DIE BEIDEN STEHLEN SICH OFT DAVON, DENN SIE MÜSSEN SÜSSE ERINNERUNGEN FÜR DIE LANGEN MONATE DER TRENNUNG HORTEN.
HAL FOSTER

Prinz Eisenherz
Aus den Tagen König Arthurs
BY HAROLD R FOSTER
PRINZ EISENHERZ HAT DEN AUFTRAG, DAS OBERHAUPT DER CHRISTLICHEN KIRCHE IN ROM AUFZUSUCHEN. DAS WIRD EINE LANGE, GEFÄHRLICHE REISE DURCH DAS UNRUHIGE EUROPA.
IN LEUCHTENDE, NEUE RÜSTUNGEN GEKLEIDET, GEHEN EISENHERZ, RUFUS REGAN, EGIL UND ARF ZU DEN WARTENDEN BOOTEN.
EISENHERZ BLICKT ZURÜCK ZU DEM BILD, DAS ER WÄHREND DER LANGEN TRENNUNG IM HERZEN TRAGEN WIRD... ES IST EIN FRÖHLICHER ABSCHIED, DER IN EINEM KLEINEN AUFSCHLUCHZEN ENDET.
ES IST EINE LANGE TAGESREISE BIS ZUM MEER, DENN IN DER ALTEN ZEIT BAUTE MAN DIE STÄDTE WEIT IM LANDESINNEREN, UM VOR PLÖTZLICHEN ÜBERFÄLLEN VON SEE HER SICHER ZU SEIN. DOCH EISENHERZ UND SEINEN GEFÄHRTEN STEHT KEIN ERMÜDENDER TAGESMARSCH BEVOR. EIN VON DER SCHNEESCHMELZE ANGESCHWOLLENER FLUSS TRÄGT SIE IN RASENDER FAHRT ZUM MEER!
EIN STUMMER BEOBACHTER STEHT AM FLUSSUFER, SIEHT SIE VORBEIFAHREN UND VERSCHWINDET DANN IM WALD.
HAL FOSTER
EINE WOCHE SPÄTER STEHT ER VOR HAP-ATLA, DEM JUNGEN KÖNIG DES BINNENLANDES, UND MELDET: *"PRINZ EISENHERZ IST ABGEREIST, UND DIE MÄNNER KÖNIG AGUARS SIND ZUR FRÜHJAHRSAUSSAAT ÜBERS LAND VERTEILT."*
COPR. 1950, KING FEATURES SYNDICATE, Inc., WORLD RIGHTS RESERVED.
694 5-28-50

Prinz Eisenherz
Aus den Tagen König Arthurs
BY HAROLD R FOSTER
PRINZ EISENHERZ, DER JUNGE ARF, RUFUS REGAN UND DER GROSSE EGIL GEHEN AN BORD EINES GROSSEN DRACHENSCHIFFS. DIE LANGE REISE NACH ROM KANN BEGINNEN.
ALETAS AUGEN SIND EINE WEILE VOM WEINEN GERÖTET. ABER SIE IST JUNG, ES IST FRÜHLING, UND SIE HAT AUF PRINZ ARN UND DEN KÖNIG AUFZUPASSEN.
NACH DER ABREISE VON EISENHERZ IST ES RUHIG IN DER BURG. DIE MEISTEN MÄNNER SIND BEI DER FRÜHJAHRSAUSSAAT. ABER DER KÖNIG IST ZUFRIEDEN, DENN MAN KANN SICH UNMÖGLICH EINSAM FÜHLEN, WENN ALETA IN DER NÄHE IST.
IM BINNENLAND DENKT MAN NICHT AN AUSSAAT! KÖNIG HAP-ATLA HAT SEINE ARMEEN UM SICH GESCHART, UM EIN VERSPRECHEN EINZULÖSEN, DAS ER SEINEM VATER AM STERBEBETT GEGEBEN HATTE...!
DAS VERSPRECHEN, RACHE ZU ÜBEN FÜR DIE VIELEN MALE, BEI DENEN KÖNIG AGUAR SEINE EHRGEIZIGEN EROBERUNGSPLÄNE ZUNICHTE GEMACHT HATTE.
DIE VÖGEL SINGEN, DER DUFT VON FRÜHLINGSBLÜTEN LIEGT IN DER LUFT. PLÖTZLICH VERSTUMMT ALLES, UND AUS DER FERNE IST DAS UNHEILDROHENDE GERÄUSCH MARSCHIERENDER FÜSSE ZU VERNEHMEN!
TROMMELWIRBEL ERTÖNEN, HÖRNER ERSCHALLEN. JEDER, DER SICH IN HÖRWEITE BEFINDET, EILT DARAUFHIN IN DEN SCHUTZ DER BURG!
695 6-4-50
COPR. 1950, KING FEATURES SYNDICATE, Inc., WORLD RIGHTS RESERVED.
BEI SONNENUNTERGANG SIEHT DER KÖNIG VOM WACHTURM AUS EINE GROSSE ARMEE NAHEN, DIE SICH AUF DEN WIESEN VOR DER BURG VERTEILT. HAP-ATLA HAT EINE ÜBERRASCHUNG GEPLANT, UND DIE IST IHM NUR ZU GUT GELUNGEN!
HAL FOSTER

Prinz Eisenherz
Aus den Tagen König Arthurs
BY HAROLD R FOSTER
NUR DIE ADLER WUSSTEN, DASS HAP-ATLA SEINE ARMEEN ÜBER DEN RAUHEN PASS VON ORM NACH THULE HINUNTERFÜHRTE. SIE STEHEN VOR DEN BURGTOREN, EHE DER KÖNIG SEINE KRIEGER RUFEN KANN!
"KÖNIG HAP-ATLA IST ÜBERHEBLICH, SIRE. ER PRAHLT VOR UNS MIT SEINER GESAMTEN STREITMACHT. GEBT BEFEHL, DASS SICH KEIN MANN ZEIGEN SOLL, DANN MUSS HAP-ATLA SEINE STRATEGIE ANHAND BLOSSER VERMUTUNGEN PLANEN."
DIE HAUPTLEUTE VERSAMMELN SICH IM SITZUNGSSAAL, UM VERTEIDIGUNGSPLÄNE ZU SCHMIEDEN.
"WIR MÜSSEN SCHNELLE KURIERE LOSSCHICKEN, UM UNSERE KRIEGER ZUM KAMPF GEGEN DIE ARMEEN DES BINNENLANDES HERBEIZURUFEN", BESCHLIESSEN SIE. DOCH AUS EINER FENSTERNISCHE SAGT EINE STIMME: "WIR WERDEN NICHTS DERGLEICHEN TUN!"
"GENAU DAS WÜRDE UNSER FEIND ERWARTEN. UND ZWEIFELSOHNE HAT MAN BEREITS VORKEHRUNGEN GETROFFEN, SOLCH EINEN SCHRITT ZU VEREITELN."
"STATT DESSEN LASST DIE KRIEGER ZUSAMMENRUFEN UND UNTER FÜHRUNG EURES FÄHIGSTEN HAUPTMANNS UM DEN FEIND HERUM INS BINNENLAND MARSCHIEREN UND SEINE DÖRFER VERWÜSTEN. DAS", SO SAGT ALETA NACHDRÜCKLICH, "SOLLTE HERRN HAP-ATLA DAS SPIEL VERDERBEN."
COPR. 1950, KING FEATURES SYNDICATE, Inc. WORLD RIGHTS RESERVED
696 6-11-50
ES WIRD TOTENSTILL IM SAAL, ALS SICH DER KÖNIG ERHEBT UND LANGSAM AUF SIE ZUGEHT. NIE ZUVOR HAT ES EINE FRAU GEWAGT, BEIM KRIEGSRAT DER MÄNNER IHRE STIMME ZU ERHEBEN!
"ERINNERT MICH DARAN, EUCH FÜR EURE IMPERTINENZ ZU BESTRAFEN", SAGT DER KÖNIG, ALS ER IHRE KLEINE, FESTE HAND KÜSST. "ABER ERST, NACHDEM WIR EUREN PLAN IN DIE TAT UMGESETZT HABEN!"
HAL FOSTER

Prinz Eisenherz
Aus den Tagen König Arthurs
BY HAROLD R. FOSTER
ALETA LEGT NADEL, FADEN UND STICKRAHMEN BEISEITE UND REKELT SICH WOHLIG WIE EIN KÄTZCHEN. NACHDEM SIE IHREN SCHLACHTPLAN VERKÜNDET HAT, INTERESSIERT SIE SICH NUN NICHT MEHR FÜRS STICKEN.
DIE GROSSEN HAUPTLEUTE DES KRIEGSRATS TRETEN BEISEITE, ALS SIE AUS DEM SAAL GEHT UND DABEI STAUNENDES SCHWEIGEN, EINEN HAUCH VON PARFÜM UND EINE BEDENKENSWERTE IDEE ZURÜCKLÄSST.
DER KÖNIG STEHT STUMM DA. ER ERKENNT ALETAS PLAN ALS DIE TAKTIK, DIE PRINZ EISENHERZ ERFOLGREICH GEGEN DIE PIKTEN ANWANDTE. DANN STIMMT EIN HAUPTMANN NACH DEM ANDEREN MIT EINEM KOPFNICKEN ZU.
ÜBER DIE TOSENDEN WASSER, DIE DREI SEITEN DER BURG SCHÜTZEN, WERDEN BOTEN AUSGESCHICKT, UM DIE KRIEGER FERNER KLANS ZU WARNEN.
HAP-ATLA, KÖNIG DES BINNENLANDES, FÜHRT SEINE ARMEE VOR DIE TORE THULES UND STEHT NUN VERWIRRT DAVOR. ÜBER DER BURG LASTET EINE DROHENDE STILLE. NICHT EINMAL EIN WÄCHTER IST ZU SEHEN...
...NUR EIN HELLER GEGENSTAND, DER IN DER SONNE BLITZT. WOHER SOLL ER WISSEN, DASS DIE LICHTBLITZE EINE BOTSCHAFT DARSTELLEN, DIE EINE FRAGE BEINHALTET?
UND DASS EIN SPION MIT BLANKPOLIERTEM SCHILD ANTWORTEN WIRD: "SIE BAUEN DREISSIG FUSS LANGE STURMLEITERN."
607 6-18-50
ALS KÖNIG AGUAR DIE NACHRICHT ERHÄLT, SAGT ER: "HMM, DREISSIG FUSS? DAS IST GENAU DIE LÄNGE, DIE SIE ZUR ERSTÜRMUNG UNSERER SCHWACHEN SÜDMAUER BRAUCHEN." ALSO WIRD EINE EINFACHE MASCHINE GEBAUT, UM DAMIT DIE ANGREIFER ZU ÜBERRASCHEN.
COPR. 1950, KING FEATURES SYNDICATE, Inc., WORLD RIGHTS RESERVED.
HAL FOSTER

Prinz Eisenherz
Aus den Tagen König Arthurs
BY HAROLD R FOSTER
ALS HAP-ATLA DIE KRIEGER DES BINNENLANDES ZU KÖNIG AGUARS FESTUNG FÜHRTE, HATTE ER MIT EINEM HEFTIGEN, ABER SIEGREICHEN KAMPF GERECHNET. DOCH DIE BURG WIRKT ABWEISEND UND RUHIG, UND KEIN MANN IST ZU SEHEN.
ER IST EIN ZU GUTER HEERFÜHRER, UM SICH VON DIESER RUHE ZUR SORGLOSIGKEIT VERFÜHREN ZU LASSEN. ER TÄUSCHT EINEN ANGRIFF AUF DAS HAUPTTOR VOR...
UND BEGINNT DANN PLÖTZLICH AUS DER DECKUNG DURCH BOGENSCHÜTZEN HERAUS DEN GROSSEN ANGRIFF GEGEN DIE SÜDMAUER!
MIT LAUTEM KRIEGSGEHEUL STÜRMEN DIE ANGREIFER AUF DIE STILLEN MAUERN ZU, LEGEN DIE STURMLEITERN AN UND KLETTERN HINAUF.
UNTERHALB DES LAUFGANGS WERFEN SICH AUF EIN SIGNAL HIN THULES KRIEGER IN DIE ZUGSEILE.
DARAUFHIN RUMPELT DIE EINFACHE MASCHINE DIE MAUER ENTLANG UND WIRFT MIT IHREM LANGEN ARM MÄNNER UND LEITERN VON DER BRÜSTUNG.
WIE GEBANNT SIEHT HAP-ATLA ZU, WIE SEIN PERFEKT GEPLANTER ANGRIFF DEM HÖHEPUNKT ZUSTREBT... NUR UM IN EINEM SCHRECKLICHEN TRÜMMERHAUFEN ZU ENDEN. NOCH BEÄNGSTIGENDER ALS DIESES RESULTAT IST DIE TATSACHE, DASS AUF DEN STUMMEN MAUERN KEIN EINZIGES LEBEWESEN ZU SEHEN GEWESEN IST!
HAL FOSTER
COPR. 1950, KING FEATURES SYNDICATE, Inc., WORLD RIGHTS RESERVED
698 6-25-50

Prinz Eisenherz
Aus den Tagen König Arthurs
BY HAROLD R FOSTER
DIE STURMLEITERN UND DIE DARAUF BEFINDLICHEN MÄNNER WERDEN WIE VON EINER RIESENFAUST VON DER MAUER GEFEGT. DIE ÜBERLEBENDEN HUMPELN AUS DEN TRÜMMERN ZURÜCK.
HAP-ATLA STARRT DIE FESTUNG BEUNRUHIGT AN. DER GUT GEPLANTE ANGRIFF IST WIE DURCH ZAUBEREI ABGEWEHRT WORDEN... DENN AUF DEN MAUERN WAR KEIN LEBEWESEN ZU SEHEN GEWESEN.
ER ORDNET AN, DASS EIN GROSSER RAMMBOCK FÜR EINEN ANGRIFF AUF DAS HAUPTTOR GEBAUT WIRD, DENN SEINE LEUTE MÜSSEN KÄMPFEN, BEVOR IHNEN DER RÄTSELHAFTE VORFALL DEN MUT RAUBT.
VOM WACHTURM AUS BLICKT KÖNIG AGUAR INS FEINDESLAGER. DIE SONNE BLITZT AUF EINEM POLIERTEN SCHILD... EINMAL, ZWEIMAL. EINE BOTSCHAFT WIRD ÜBERMITTELT.
DIE VERTEIDIGUNG IST EINFACH, WENN MAN WEISS, WO DER GEGNER ANGREIFEN WILL. DER KÖNIG ORDNET DEN BAU EINER MAUER HINTER DEM HAUPTTOR AN, ALS ALETA MIT MISSBILLIGENDEM BLICK ERSCHEINT.
"FINDET DIE STRATEGIE DES KÄMPFENDEN KÖNIGS VON THULE NICHT EURE ZUSTIMMUNG?" FRAGT DER KÖNIG SARKASTISCH. "UND BRÜTET IHR IN EUREM LOCKENKÖPFCHEN EINE BESSERE AUS?" "NEIN, SIRE", SAGT SIE ZÖGERND. UND DANN: "JA, SIRE."
"NUN, WENN IHR ALLE IN DIESEN HOF FÜHRENDEN TÜREN ZUMAUERN SOLLTET, GÄBE ER EIN HÜBSCHES GEFÄNGNIS FÜR, SAGEN WIR, FÜNFHUNDERT MANN AB. IHR KÖNNTET SIE FOLGENDERMASSEN FESTSETZEN..."
COPR 1950, KING FEATURES SYNDICATE, Inc., WORLD RIGHTS RESERVED
699 7-2-50
NEIN, ALETA IST KEINE GROSSE MILITÄRSTRATEGIN. SIE ERINNERT SICH NUR AN EINIGE DER HÜBSCHEN TRICKS, VON DENEN IHR GROSSER EHEMANN STOLZ ERZÄHLTE, NACHDEM ER SIE ANGEWANDT HATTE.
HAL FOSTER

Prinz Eisenherz
Aus den Tagen König Arthurs
BY HAROLD R FOSTER
HAP-ATLA RUFT SEINE HAUPTLEUTE ZU LETZTEN BEFEHLEN ZUSAMMEN. DIESER ANGRIFF MUSS GELINGEN! IM MORGENGRAUEN KOMMT DER RAMMBOCK AUS SEINEM VERSTECK UNTER DEN BÄUMEN UND WIRD POLTERND UND SCHWANKEND ZUM HAUPTTOR GEROLLT.
ES GEHT LANGSAM VORAN, UND DIE MANNSCHAFT MACHT SICH MIT LAUTEM GESCHREI MUT, DENN DIE STILLE DER BURG WIRKT UNHEILVERKÜNDENDER ALS JEDE DROHUNG.
EINE GANZE STUNDE LANG DONNERT DER RAMMBOCK GEGEN DAS TOR. DANN IST EIN SPLITTERN UND KRACHEN ZU HÖREN, DEM TRIUMPHGESCHREI FOLGT. HAP-ATLA SCHICKT DREIHUNDERT KRIEGER DURCH DIE BRESCHE.
DER RAMMBOCK WIRD ZURÜCKGEZOGEN, DIE ANGREIFER STÜRMEN HINEIN. ES IST KEIN KAMPFLÄRM ZU HÖREN. ABER HAP-ATLA GEHT KEIN RISIKO EIN UND SCHICKT WEITERE DREIHUNDERT SEINER BESTEN LEUTE LOS.
ER WILL GERADE BEFEHL ZUM LETZTEN ANGRIFF GEBEN, ALS ETWAS FÜRCHTERLICHES GESCHIEHT... HINTER DEM ZERSTÖRTEN TOR SCHLIESST SICH DIE FALLE. UND DIE BURG LIEGT STUMM UND ABWEISEND DA WIE EIN UNGEHEUER, DAS SECHSHUNDERT MANN VERSCHLUNGEN HAT!
SECHSHUNDERT MANN WAREN AUF DER SUCHE NACH DEM FEIND IN DIE BURG GESTÜRMT, FANDEN ABER NUR SOLIDE MAUERN VOR. DANN SCHLOSS SICH HINTER IHNEN PLÖTZLICH EIN TOR. NUN VERSTUMMT IHR GESCHREI UND WEICHT VERBLÜFFTEM SCHWEIGEN.
HAL FOSTER
HOCH OBEN SAGT IN EINEM FENSTER EINE LIEBENSWÜRDIGE STIMME: "WIR LASSEN JETZT KÖRBE HINUNTER, IN DIE IHR EURE WAFFEN LEGEN WERDET. UNSERE BOGENSCHÜTZEN TÖTEN JEDEN, DER BEWAFFNET BLEIBT!"
COPR. 1950, KING FEATURES SYNDICATE, Inc., WORLD RIGHTS RESERVED
700 7-9-50

Prinz Eisenherz
Aus den Tagen König Arthurs
BY HAROLD R FOSTER
HAP-ATLA, DER JUNGE KÖNIG DES BINNENLANDES, HATTE GEPLANT, KÖNIG AGUARS FESTUNG ZU ERSTÜRMEN UND THULE ZU ÜBERRENNEN. MIT SEINEM ÜBERRASCHUNGSANGRIFF HAT ER DIE ABWEISENDE FESTUNG NICHT EINNEHMEN KÖNNEN, OBWOHL DORT KEIN FEIND AUSZUMACHEN WAR!
"WAS GEHT HIER RÄTSELHAFTES VOR?" RUFT ER VERZWEIFELT. "UND WO IST THULES ARMEE?" EIN KEUCHENDER BOTE BRINGT IHM DIE ANTWORT.
"THULES MÄNNER HABEN UNS UMGANGEN UND VERWÜSTEN NUN DAS BINNENLAND!"
JETZT WÄRE ES FÜR KÖNIG AGUAR AN DER ZEIT, DEM VERWIRRTEN FEIND MIT EINEM GEGENANGRIFF ZU BEGEGNEN. DOCH ALETA SAGT: "EUER BESIEGTER FEIND WÜRDE AUCH FÜRDERHIN AUF RACHE SINNEN. AUSSERDEM GEHT VON JEDEM SCHLACHTFELD SEUCHENGEFAHR AUS. NEIN, WIR WERDEN DIE GESUNDHEIT MEINES KINDES NICHT GEFÄHRDEN!"
ALETA WEISS ZWAR NICHTS VON KRIEG UND TAKTIK, ABER SIE HAT... MENSCHENKENNTNIS. SIE PLANT, DEN ARROGANTEN JUNGEN KÖNIG HAP-ATLA VOM HOHEN ROSS ZU HOLEN UND ZUM GEWÖHNLICHEN STERBLICHEN ZU MACHEN, UM VERNÜNFTIG MIT IHM REDEN ZU KÖNNEN.
BALD DARAUF FINDET EIN FEINDLICHER KRIEGER EINE OFFENSTEHENDE TÜR UND TRITT VORSICHTIG EIN. KÖNIG AGUAR IST IM GARTEN UND PFLEGT SEINE ROSEN!
"DU KOMMST SPÄT", STELLT DER KÖNIG FEST. "ABER BRING DIESEN BRIEF DEINEM HERRN. ICH ERWARTE BIS ZUM MORGEN EINE ANTWORT."
DER SOLDAT GEHORCHT, DA ER ZU ÜBERRASCHT IST, UM DEN UNBEWAFFNETEN KÖNIG ANZUGREIFEN... FÜNFZIG VERBORGENE BOGENSCHÜTZEN KÖNNEN IHRE WAFFEN SENKEN.
COPR. 1950, KING FEATURES SYNDICATE, Inc., WORLD RIGHTS RESERVED. 701 7-16-50
HAL FOSTER
HAP-ATLA ERHÄLT DAS ANGEBOT ZU FRIEDENSVERHANDLUNGEN UND ERFÄHRT, WIE ES ÜBERGEBEN WURDE. VERTEIDIGT KÖNIG AGUAR DIE BURG ALLEINE? ODER IST HEXEREI IM SPIEL?

Prinz Eisenherz
Aus den Tagen König Arthurs
BY HAROLD R FOSTER
HAP-ATLA VERBRINGT ERNEUT EINE SCHLAFLOSE NACHT. DAS RÄTSEL UM DIE STUMME FESTUNG, DIE ER NICHT EROBERN KANN, HAT SEINEM TAPFEREN HERZEN FURCHT EINGEFLÖSST.
IM MORGENGRAUEN STEHT ER ZWISCHEN DER FINSTEREN FESTUNG UND SEINER ARMEE, UM DEN GESANDTEN FÜR DIE FRIEDENSVERHANDLUNGEN ZU ERWARTEN. EINE KLEINE, WEISS GEKLEIDETE GESTALT TRITT HERAUS UND GEHT AUF IHN ZU.
ER BEKOMMT KEINE GELEGENHEIT, ETWAS ZU SAGEN: "WIR TREFFEN UNS MORGEN IN EINEM ZELT AUF HALBEM WEGE ZWISCHEN DEN GEGNERISCHEN LINIEN. IHR BRINGT EURE FRAU UND EUREN KLEINEN SOHN ALS SICHERHEITSLEISTUNG GEGEN VERRAT MIT. ICH, KÖNIGIN ALETA, KOMME MIT PRINZ ARN."
"DAS TREFFEN FINDET JEDOCH NUR STATT, WENN IHR ZUVOR DAS DURCHEINANDER VON UNSEREN MAUERN ENTFERNT!" ALS VERHEIRATETER MANN WEISS ER, DASS ES ZWECKLOS IST, SICH MIT EINER FRAU ZU STREITEN. ER NICKT ZUSTIMMEND.
KÖNIG AGUAR, ZWEI SCHREIBER, ALETA UND IHRE BEIDEN ZOFEN GEHEN ZUM VEREINBARTEN TREFFPUNKT WIE ZU EINEM PICKNICK (DOCH FÜR ALLE FÄLLE STEHEN TAUSEND UNSICHTBARE BOGENSCHÜTZEN BEREIT...)
HAP-ATLAS KÖNIGIN UND IHRE ZOFEN SITZEN STEIF UND STUMM DA. DOCH ALETA SPIELT AUF EINEM FELL VERGNÜGT MIT IHREM BABY.
702 7-23-50
COPR. 1950, KING FEATURES SYNDICATE, Inc., WORLD RIGHTS RESERVED.
HAP-ATLA STELLT FRIEDENSBEDINGUNGEN, ALS WÄRE ER DER SIEGER. DER KÖNIG, DER SOLCHES GEREDE SCHON OFT GEHÖRT HAT, ACHTET KAUM DARAUF. ER WARTET AB, UM ZU SEHEN, WAS ALETA AUSGEHECKT HAT.
HAL FOSTER
DIE FEINDLICHEN MÄNNER STREITEN ENDLOS UM FRIEDENSBEDINGUNGEN, WÄHREND DIE DAMEN SEHR BALD GEMEINSAME INTERESSEN ENTDECKEN UND INNERHALB WENIGER MINUTEN FREUNDLICHE BEZIEHUNGEN AUFNEHMEN.

Prinz Eisenherz
Aus den Tagen König Arthurs
BY HAROLD R FOSTER
ZWEI KÖNIGE UND IHRE OFFIZIERE VERHANDELN ENDLOS ÜBER FRIEDENSBEDINGUNGEN. ZWEI KÖNIGINNEN UND IHRE BABYS FREUNDEN SICH SOGLEICH AN. ABER ALETA HAT MEHR IM SINN ALS EIN PLAUDERSTÜNDCHEN. SIE MACHT SICH ANS WERK.
"SEUCHEN UND HUNGERSNÖTE FOLGEN JEDEM KRIEG", STELLT SIE FEST. "WIR HABEN GLÜCK. UNSERE KINDER SIND PRINZEN UND BEKOMMEN GENUG ZU ESSEN. ABER ANDERE WERDEN DARBEN, DAMIT SIE AM LEBEN BLEIBEN!"
"KOMMT! WIR GEBEN DEN MÄNNERN ETWAS ZUM NACHDENKEN!" SAGT ALETA UND FÜHRT SIE ZUM RAT. GRIMMIGES SCHWEIGEN IST DIE ANTWORT AUF DIESE IMPERTINENZ.
SIE SIEHT SEHR ZART UND WEIBLICH AUS, ALS SIE JEDEN KRIEGER LÄCHELND ANSIEHT, ABER IHRE STIMME IST SCHNEIDEND WIE EINE PEITSCHE: "IHR WOLLT MÄNNER SEIN?" FRAGT SIE. "FEILSCHT HIER WIE KRÄMERSEELEN, WÄHREND EURE HERDEN UNBEAUFSICHTIGT UND EURE FELDER UNBESTELLT SIND! JA! IHR SEID GROSSE KRIEGER, WENN DIE HÖRNER ERSCHALLEN UND IHR SCHREIEND IN DEN KAMPF ZIEHT. ABER WENN DIESEN WINTER DIE HUNGERSNOT KOMMT, EURE FAMILIEN DARBEN UND EURE BABYS STERBEN, DANN SEHT EINMAL EUREN FRAUEN IN DIE AUGEN, UND FRAGT EUCH, 'WAS IST JETZT DER RUHM DES KRIEGERS WERT?'"
COPR 1950, KING FEATURES SYNDICATE, Inc. WORLD RIGHTS RESERVED. 703 1-30-50
HAP-ATLA STARRT HINTER SEINER FRAU HER. SIE WAGTE ES NOCH NIE, ZU EINER RATSVERSAMMLUNG ZU GEHEN ODER SICH GEGEN IHN ZU STELLEN. UND ER MUSS ZUGEBEN, DASS SIE NOCH NIE SO SEHR WIE EINE KÖNIGIN AUSGESEHEN HAT!
HAL FOSTER
DIE HAUPTLEUTE BEGINNEN NUN WIEDER ZU FEILSCHEN... ABER IRGENDWIE KOMMT ES IHNEN SINNLOS UND KINDISCH VOR. GANZ, ALS KÖNNTE EIN KÖRNCHEN SCHLICHTER WAHRHEIT ALLES REGELN.

Prinz Eisenherz
Aus den Tagen König Arthurs
BY HAROLD R. FOSTER
ALETA VERLIESS DIE FRIEDENSKONFERENZ. SIE WOLLTE EINZIG UND ALLEIN EINEN GESUNDEN, GLÜCKLICHEN ORT, UM IHR KIND GROSSZUZIEHEN. IHRE RUHIGE REDE HAT DIE MÄNNER WIE EIN PEITSCHENHIEB GETROFFEN UND IHNEN IHRE ARROGANZ GENOMMEN.
KÖNIG AGUAR UNTERDRÜCKT EIN LÄCHELN. ER WEISS, DASS SICH SEINE FEINDE AUFPLUSTERN, WEIL SIE SEINE VERTEIDIGUNG FÜR SCHWACH HALTEN. ALETAS WORTE ABER HABEN IHNEN KLARGEMACHT, WIE VERZWEIFELT IHRE EIGENE LAGE IST.
HAP-ATLAS FRAU, KÖNIGIN JAN, STEHT NUN GANZ IM BANNE ALETAS UND PFLICHTET IHR BEREITWILLIG BEI, ALS SIE SAGT: "KOMMT IN DIE BURG UND SEHT EUCH MEINE NEUEN KLEIDER AN. WIR LASSEN DIE KINDER HIER. IHR WISST JA, WIE GENAU ES DIE MÄNNER MIT GEISELN ALS SICHERHEITSLEISTUNG NEHMEN."
HAP-ATLA BLICKT GERADE AUF, ALS SIE DIE BURG BETRETEN. ER SPRINGT AUF UND SCHREIT: "VERRAT! KÖNIGIN JAN WIRD GEFANGENGENOMMEN!"
KÖNIG AGUAR LACHT: "BETRACHTET MICH ALS GEISEL FÜR IHRE SICHERE RÜCKKEHR. ABER WENN IHR TÖRICHT GENUG SEIN SOLLTET, EUCH IN FRAUENANGELEGENHEITEN EINMISCHEN ZU WOLLEN, DANN NEHMT MEINEN SIEGELRING UND GEHT IHNEN NACH."
IM SCHUTZ DES RINGS BETRITT HAP-ATLA DIE FESTUNG, IN DIE ER MIT GEWALT NICHT EINDRINGEN KONNTE.
ALS ER EINTRITT, KANN ER FESTSTELLEN, DASS MAN ZWAR KEINE SOLDATEN SIEHT, DASS ABER DIE KRIEGSMASCHINEN GUT GEÖLT SIND, WAFFEN GEORDNET BEREITSTEHEN UND DIE STIMMEN VIELER MÄNNER ALS EIN LEISES MURMELN ZU HÖREN SIND.
COPR. 1950, KING FEATURES SYNDICATE, Inc., WORLD RIGHTS RESERVED.
704 8-6-50
ER WIRD ZU ALETAS GEMÄCHERN GEFÜHRT. ZORNIG TRITT ER EIN UND HÄLT INNE. ES FOLGT EINE SEKUNDE PEINLICH BERÜHRTEN SCHWEIGENS, DANN WÜNSCHT ER SICH, ER HÄTTE AUF DES KÖNIGS WARNUNG GEHÖRT!
HAL FOSTER

Prinz Eisenherz
Aus den Tagen König Arthurs
BY HAROL
HAP-ATLA SCHWOR AM STERBEBETT SEINES VATERS, ER WERDE THULE EROBERN UND REGIEREN. ABER SEINE PLÄNE VERLAUFEN IM SANDE, ALS SICH DIE SCHEINBAR LEERE BURG ALS UNEINNEHMBAR ERWEIST UND DIE ARMEE, DIE ER ÜBERRASCHEN WOLLTE, SEIN EIGENES KÖNIGREICH VERWÜSTET.
UND DANN FREUNDET SICH AUCH NOCH ALETA MIT SEINER GEMAHLIN AN UND FÜHRT SIE IN DIE BURG.
AUFGEREGT VERLÄSST HAP-ATLA DIE FRIEDENSKONFERENZ, UM SEINE FRAU IN DER BURG ZU SUCHEN. ER FINDET SIE IN ALETAS GEMÄCHERN, WO SIE KLEIDER ANPROBIERT.
SEIN GROSSARTIGER RETTUNGSVERSUCH ENDET IN VERWIRRUNG UND PEINLICHER BETRETENHEIT.
SELBST DIE GEDULDIGSTE UND GETREUESTE KÖNIGIN KANN DIE BEHERRSCHUNG VERLIEREN... ABSCHLIESSEND SAGT SIE: "UND ICH BLEIBE HIER, BIS IHR EUREN DUMMEN KRIEG BEIGELEGT HABT. UND LASS MEIN BABY HEREINBRINGEN. VOM SCHLAF IN DEM ZUGIGEN ZELT HAT ES SCHON EINEN LEICHTEN SCHNUPFEN!"
ALS ER SICH ZUM GEHEN WENDET, GIBT IHM ALETA DEN REST: "IHR KÖNNT DIESE FESTUNG NICHT EINNEHMEN. THULES KRIEGER STEHEN EUCH IM RÜCKEN... ALSO WERDET IHR FÜR ALLE ANGERICHTETEN SCHÄDEN BEZAHLEN. EURE ARMEE BLEIBT HIER, BIS UNSERE LEUTE WIEDER ZU HAUSE SIND. ES GIBT KEINE KÄMPFE MEHR... UND SAGT KÖNIG AGUAR, DASS IN EINER STUNDE DAS ESSEN SERVIERT WIRD!"
HAP-ATLA BETRAT DIE BURG ALS KRIEGER-KÖNIG... ER VERLÄSST SIE WIE EIN KLEINER JUNGE, DEN MAN BEI EINER DUMMHEIT ERTAPPT HAT.
COPR. 1950, KING FEATURES SYNDICATE, Inc., WORLD RIGHTS RESERVED.
KÖNIG AGUAR LÄCHELT. "ICH WEISS GENAU, WIE IHR EUCH FÜHLT", SAGT ER MITFÜHLEND. "SIE GIBT IN MEINEM KÖNIGREICH DEN TON AN, SEIT SIE HIER ANGEKOMMEN IST."
HAL FOSTER
"DOCH KOMMT, WIR WOLLEN NICHT ZU SPÄT ZUM ESSEN ERSCHEINEN. DENN SELBST KÖNIGE KÖNNEN EINE STANDPAUKE BEKOMMEN... WIE IHR JETZT SELBST WISST!"
705 8-13-50

Prinz Eisenherz
Aus den Tagen König Arthurs
BY HAROLD R FOSTER
HAP-ATLA IST ZUM ESSEN IN DIE BURG EINGELADEN, IN DIE ER NICHT EINDRINGEN KONNTE. ABER ER IST UNGLÜCKLICH, DENN SEIN VERSPRECHEN, THULE ZU EROBERN, IST NICHT EINGELÖST!
ALETA MÖCHTE AUCH DAS PROBLEM LÖSEN, UM JEDEN FROH ZU MACHEN. EIN WICHTIGES DOKUMENT WIRD DEM KÖNIG VORGELEGT.
"HIERMIT ÜBERGEBE ICH KÖNIG HAP-ATLA VOM BINNENLAND THRON UND KÖNIGREICH THULE."
ALETA KLATSCHT IN DIE HÄNDE UND QUIETSCHT VOR VERGNÜGEN. "JETZT HABT IHR EUER VERSPRECHEN EINGELÖST, UND ES GIBT KEINEN ÄRGER MEHR ZWISCHEN UNSEREN LÄNDERN!" DANN ÜBERREICHT SIE IHM EIN ANDERES PERGAMENT UND SAGT: "JETZT KÖNNT IHR ABDANKEN."
HAP-ATLA HÄLT VERZWEIFELT DIE URKUNDE FEST. IN SEINEM KOPF DREHT SICH ALLES! ER HAT EINE NIEDERLAGE UND EINE ENTTÄUSCHUNG ERLEBT, IM ÜBERMASS WEIBLICHEN GESUNDEN MENSCHENVERSTAND GENOSSEN UND JETZT... DIESER SIEG!
ALETA GIBT EIN ZEICHEN. VORHÄNGE TEILEN SICH... UND ALETA SAGT: "SCHADE, DASS IHR NICHT ABDANKEN WOLLT... NUN JA... ES WAR SCHÖN, EUCH KENNENGELERNT ZU HABEN!"
COPR. 1950, KING FEATURES SYNDICATE, Inc., WORLD RIGHTS RESERVED. 706. 8-20-50
HAP-ATLA GREIFT ZUR FEDER. ZUM ERSTEN MAL, SEIT ER SEINEN SCHWUR TAT, LACHT ER WIEDER! "EHRWÜRDIGE STAATSMÄNNER ARBEITEN MONATELANG VERTRÄGE AUS, DIE IN EINER MINUTE GEBROCHEN WERDEN KÖNNEN. DOCH IHR HABT MIR GEZEIGT, DASS SCHLICHTER GUTER WILLE UND VERTRAUEN DAUERHAFTER SIND..."
HAL FOSTER
"...UND ICH, EIN GESCHLAGENER KÖNIG, WERDE MICH EWIG EURER GROSSMUT ERINNERN." DANN FÜGT ER HINZU: "ICH WERDE AUCH DARAN DENKEN, NIE WIEDER DEN RÜCKSICHTSLOS GESUNDEN MENSCHENVERSTAND EINER FRAU ZU UNTERSCHÄTZEN!"

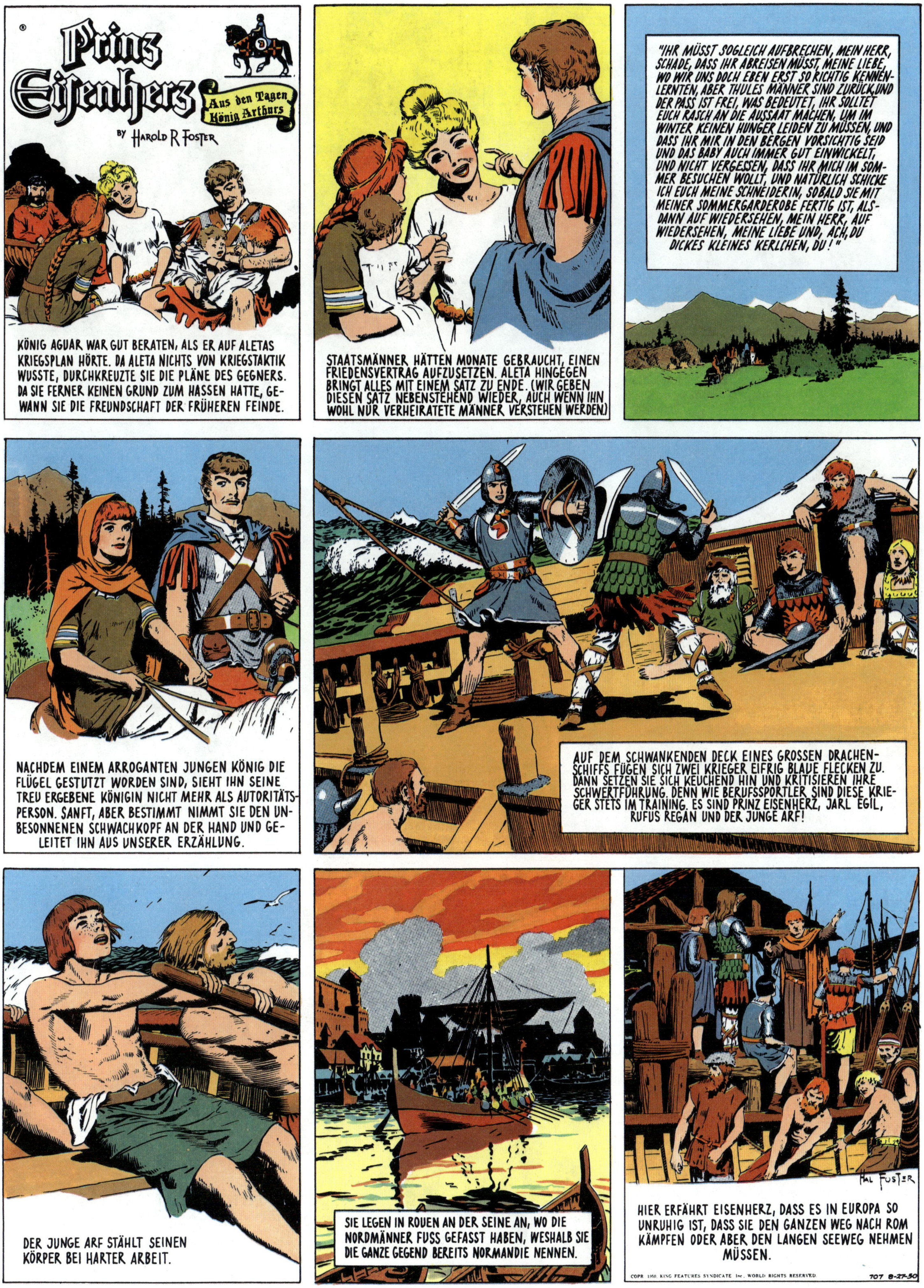
Prinz Eisenherz
Aus den Tagen König Arthurs
BY HAROLD R FOSTER
KÖNIG AGUAR WAR GUT BERATEN, ALS ER AUF ALETAS KRIEGSPLAN HÖRTE. DA ALETA NICHTS VON KRIEGSTAKTIK WUSSTE, DURCHKREUZTE SIE DIE PLÄNE DES GEGNERS. DA SIE FERNER KEINEN GRUND ZUM HASSEN HATTE, GEWANN SIE DIE FREUNDSCHAFT DER FRÜHEREN FEINDE.
STAATSMÄNNER HÄTTEN MONATE GEBRAUCHT, EINEN FRIEDENSVERTRAG AUFZUSETZEN. ALETA HINGEGEN BRINGT ALLES MIT EINEM SATZ ZU ENDE. (WIR GEBEN DIESEN SATZ NEBENSTEHEND WIEDER, AUCH WENN IHN WOHL NUR VERHEIRATETE MÄNNER VERSTEHEN WERDEN)
"IHR MÜSST SOGLEICH AUFBRECHEN, MEIN HERR, SCHADE, DASS IHR ABREISEN MÜSST, MEINE LIEBE, WO WIR UNS DOCH EBEN ERST SO RICHTIG KENNENLERNTEN, ABER THULES MÄNNER SIND ZURÜCK, UND DER PASS IST FREI, WAS BEDEUTET, IHR SOLLTET EUCH RASCH AN DIE AUSSAAT MACHEN, UM IM WINTER KEINEN HUNGER LEIDEN ZU MÜSSEN, UND DASS IHR MIR IN DEN BERGEN VORSICHTIG SEID UND DAS BABY AUCH IMMER GUT EINWICKELT, UND NICHT VERGESSEN, DASS IHR MICH IM SOMMER BESUCHEN WOLLT, UND NATÜRLICH SCHICKE ICH EUCH MEINE SCHNEIDERIN, SOBALD SIE MIT MEINER SOMMERGARDEROBE FERTIG IST, ALSDANN AUF WIEDERSEHEN, MEIN HERR, AUF WIEDERSEHEN, MEINE LIEBE UND, ACH, DU DICKES KLEINES KERLCHEN, DU!"
NACHDEM EINEM ARROGANTEN JUNGEN KÖNIG DIE FLÜGEL GESTUTZT WORDEN SIND, SIEHT IHN SEINE TREU ERGEBENE KÖNIGIN NICHT MEHR ALS AUTORITÄTSPERSON. SANFT, ABER BESTIMMT NIMMT SIE DEN UNBESONNENEN SCHWACHKOPF AN DER HAND UND GELEITET IHN AUS UNSERER ERZÄHLUNG.
AUF DEM SCHWANKENDEN DECK EINES GROSSEN DRACHENSCHIFFS FÜGEN SICH ZWEI KRIEGER EIFRIG BLAUE FLECKEN ZU. DANN SETZEN SIE SICH KEUCHEND HIN UND KRITISIEREN IHRE SCHWERTFÜHRUNG. DENN WIE BERUFSSPORTLER SIND DIESE KRIEGER STETS IM TRAINING. ES SIND PRINZ EISENHERZ, JARL EGIL, RUFUS REGAN UND DER JUNGE ARF!
DER JUNGE ARF STÄHLT SEINEN KÖRPER BEI HARTER ARBEIT.
SIE LEGEN IN ROUEN AN DER SEINE AN, WO DIE NORDMÄNNER FUSS GEFASST HABEN, WESHALB SIE DIE GANZE GEGEND BEREITS NORMANDIE NENNEN.
HAL FOSTER
HIER ERFÄHRT EISENHERZ, DASS ES IN EUROPA SO UNRUHIG IST, DASS SIE DEN GANZEN WEG NACH ROM KÄMPFEN ODER ABER DEN LANGEN SEEWEG NEHMEN MÜSSEN.
COPR 1950, KING FEATURES SYNDICATE Inc., WORLD RIGHTS RESERVED
707 8-27-50

Prinz Eisenherz
Aus den Tagen König Arthurs
BY HAROLD R FOSTER
DA PRINZ EISENHERZ GESAGT BEKOMMT, DASS DER LANDWEG VOLLER GEFAHREN UND DER SEEWEG VIEL SICHERER IST... ENTSCHEIDET MAN SICH, DEN INTERESSANTEREN WEG ÜBER LAND EINZUSCHLAGEN.
IN PARIS KAUFEN SIE PFERDE UND AUSRÜSTUNG FÜR IHREN LANGEN RITT.
SIE VERLASSEN DIE STADT IM SONNENSCHEIN UND REITEN AUF SCHATTIGEN WEGEN...
...WO SIE PROMPT VON EINER RÄUBERBANDE ÜBERFALLEN WERDEN!
DIE ÜBERLEBENDEN FLIEHEN, ABER SIE HABEN EISENHERZ UND SEINEN GEFÄHRTEN BEIGEBRACHT, WIE TEUER ALLZU GROSSE SORGLOSIGKEIT WERDEN KANN.
WENN SIE IN DÖRFER KOMMEN, SIND DORT DIE FENSTERLÄDEN GESCHLOSSEN UND DIE TÜREN VERRIEGELT. SELBST LEIBEIGENE GEHEN BEWAFFNET ZUR FELDARBEIT.
DIE RÖMER HATTEN RECHT UND GESETZ IN DIE EROBERTEN LÄNDER GEBRACHT, ABER ALS ROMS MACHT NACH DER SCHRECKLICHEN PRÜFUNG DURCH DIE WANDALEN SCHWAND, BEGANN DIE FINSTERE ZEIT DES MITTELALTERS.
COPR. 1950, KING FEATURES SYNDICATE, Inc., WORLD RIGHTS RESERVED.
BOISANIE
EIGENTÜMER:
WEITERREISE AUF EIGENE GEFAHR
BANDITEN
BEGLEIT-SCHUTZ
VORSICHT! RÄUBER!
SCHUTZ GEGEN SONDERGEBÜHREN!
HAL FOSTER
EINES TAGES ERREICHEN SIE DIE GRENZE EINES WEITEREN DER VIELEN KLEINEN KÖNIGREICHE. EINE KLEINE FESTUNG WACHT AN DER STRASSE, UND DIE SCHILDER VERDEUTLICHEN, DASS DER KÖNIG EIN GESCHÄFTSMANN IST.
708 9-3-50

Prinz Eisenherz
Aus den Tagen König Arthurs
BY HAROLD R FOSTER
AN DER GRENZE DER BOISANIE WERDEN PRINZ EISENHERZ UND SEINE GEFÄHRTEN ANGEHALTEN. "GEGEN MÄSSIGE GEBÜHREN GELEITEN WIR EUCH DURCH DAS KÖNIGREICH!" SAGT DER HAUPTMANN DER WACHMANNSCHAFT. "UND SCHÜTZEN EUCH OBENDREIN VOR DEN VIELEN RÄUBERN, DIE IN DIESEN BERGEN HAUSEN!"
VORSICHT
SCHUTZ-GEBÜHREN
ALS EISENHERZ DIE HÖHE DER GEBÜHR HÖRT, RUFT ER: "RÄUBER KÖNNEN BEI UNS WENIGER HOLEN, ALS IHR FÜR SCHUTZ VERLANGT! NEIN, WIR REITEN ALLEIN WEITER!"
DER HAUPTMANN SAGT: "DAS WIRD EUCH NOCH LEID TUN!" WESHALB MAG ER WOHL SO SICHER GEWESEN SEIN, DASS ETWAS PASSIEREN WÜRDE?
"IHR REITET WEITER. ARF UND ICH MACHEN KEHRT UND SEHEN UNS DIESE TEUREN BESCHÜTZER NÄHER AN."
SIE KOMMEN GERADE NOCH ZURECHT, UM ZU SEHEN, WIE DIE WÄCHTER IHRE RÜSTUNGEN ABLEGEN UND SICH IN RÄUBERZIVIL KLEIDEN!
DANN SITZEN SIE AUF, VERLASSEN DIE HAUPTSTRASSE UND REITEN EINEN SCHMALEN PFAD IN DIE BERGE HINAUF. EISENHERZ UND ARF FOLGEN IHNEN.
709 9-10-50
COPR. 1950, KING FEATURES SYNDICATE, Inc., WORLD RIGHTS RESERVED.
WEIT UNTEN IM TAL WINDET SICH DIE HAUPTSTRASSE UM DIE BERGE HERUM. DER PFAD HINGEGEN FÜHRT ÜBER DIE FELSEN. ER IST EINE STEINIGE ABKÜRZUNG...
...UND TRIFFT AN EINER FÜR EINEN HINTERHALT IDEALEN STELLE WIEDER AUF DIE HAUPTSTRASSE!
HAL FOSTER

Prinz Eisenherz
Aus den Tagen König Arthurs
BY HAROLD R FOSTER
KÖNIG DUMDRIBILES GRENZWÄCHTER HATTEN EINEN STATTLICHEN PREIS FÜR SICHERES GELEIT DURCH DIE BERGE GEFORDERT. NUN SIEHT PRINZ EISENHERZ, WIE DIE ALS RÄUBER VERKLEIDETEN WÄCHTER EINEN HINTERHALT LEGEN.
"EGIL! REGAN! VORSICHT!" RUFT EISENHERZ, ALS ER UND ARF DEN PFAD ZUM ANGRIFF HINUNTERSTÜRMEN.
DIE UNGESTÜMEN KRIEGER AUS DEM NORDEN MACHEN SICH FREUDIG ANS WERK...
DENN EINEN GEGNER DIESER QUALITÄT BETRACHTEN SIE ALLENFALLS ALS LEICHTE ÜBUNG. UND DER GEGNER FINDET DIESE ÜBUNG BALD SEHR ERMÜDEND UND FLEHT UM GNADE.
DIE DIENER, DIE EISENHERZ IN PARIS ANGEWORBEN HATTE, FINDEN IHRE ARBEIT ZU GEFÄHRLICH. SIE FLIEHEN WÄHREND DES ENTSTEHENDEN DURCHEINANDERS. ABER SIE FÜRCHTEN SICH NICHT SO, DASS SIE VERGESSEN WÜRDEN, PACKPFERDE UND GEPÄCK MITZUNEHMEN!
"UND JETZT BESUCHEN WIR KÖNIG DUMDRIBILE", SAGT EISENHERZ GRIMMIG. "ZEIGT UNS DEN WEG!" UND ER FÜGT HINZU: "EURE WAFFEN BRAUCHT IHR NICHT. LASST SIE HIER!"
710 9-17-50
COPR. 1950, KING FEATURES SYNDICATE, Inc., WORLD RIGHTS RESERVED
DIE BURGTORE ÖFFNEN SICH, UND ALLE SIND IN DER BURG, EHE JEMAND FESTSTELLEN KANN, WER HIER EIGENTLICH DIE GEFANGENEN SIND.

Prinz Eisenherz
Aus den Tagen König Arthurs
BY HAROLD R FOSTER
ALS SIE ERST EINMAL IN DER BURG SIND, ÜBERNIMMT PRINZ EISENHERZ DAS KOMMANDO: "SCHICKT WAGEN LOS, UM DIE VERWUNDETEN ZU HOLEN. DU... SAGE KÖNIG DUMDRIBILE, DASS WIR EINE AUDIENZ WÜNSCHEN! UND DU... FÜHR UNS IN DEN THRONSAAL!"
DER KÖNIG SCHREITET IN DIE SCHMUTZIGE HALLE UND SETZT SICH AUF DEN THRON.
ER REIBT SICH VERGNÜGT DIE HÄNDE: "AH!... VORTREFFLICHE GEFANGENE! FÜR JEMAND WIE EUCH MÜSSTEN WIR EIN PASSABLES LÖSEGELD ERHALTEN!"
ES FOLGT EIN LANGES SCHWEIGEN. DER KÖNIG WIRD BLASS. "IHR SEID DOCH GEFANGENE, ODER?" STAMMELT ER. DANN RUFT ER: "HEDA, WACHE!"
SANFT, ABER BESTIMMT, WIRD DER KÖNIG VOM THRON GEFÜHRT UND AUF EINEN FUSS-SCHEMEL GESETZT. AUF DEN THRON SETZT SICH EISENHERZ.
DIE WACHE KOMMT. SIE BLEIBT IN DER TÜR STEHEN, DA SIE NICHT WILLENS IST, DEN FÜRCHTERLICHEN, GRINSENDEN NORDMÄNNERN ZU NAHE ZU KOMMEN. "IHR HABT DIE WAFFEN GEZOGEN", STELLT EISENHERZ FEST. "SOLLEN WIR UNSERE AUCH ZIEHEN?"
DA FÄLLT DER WACHE EIN, DASS SIE ANDERENORTS NOCH ETWAS ZU ERLEDIGEN HAT. STIRNRUNZELND SIEHT EISENHERZ DEN KÖNIG AN. "IHR SEID EIN KLEINER RÄUBER UND SOLLTET HÄNGEN. IHR WERDET UNSER GASTGEBER SEIN, BIS WIR EINEN TERMIN FÜR EURE GERICHTSVERHANDLUNG FESTSETZEN."
COPR. 1950, KING FEATURES SYNDICATE, Inc., WORLD RIGHTS RESERVED 711 9-24-50
KÖNIG DUMDRIBILE GEHT IN SEINE GEMÄCHER, UM DARÜBER NACHZUDENKEN, WIE ER SEINEN KOPF AUS DER SCHLINGE ZIEHEN KÖNNTE.
HAL FOSTER
ETWAS UNGEWÖHNLICHES PASSIERT IM LEBEN KÖNIG DUMDRIBILES! ER SPRINGT ÜBERRASCHT AUF! SEIN GEHIRN FUNKTIONIERT! IHM IST EINE IDEE GEKOMMEN!

Prinz Eisenherz
Aus den Tagen König Arthurs
BY HAL FOSTER
KÖNIG DUMDRIBILE EILT, UM SEINEN PLAN IN DIE TAT UMZUSETZEN. PRINZ EISENHERZ HAT GESAGT, MAN SOLLTE IHN HÄNGEN, UND MAN WEISS JA NIE, OB DIESE GRINSENDEN NORDMÄNNER DAS ERNST MEINEN ODER NICHT. UND ER WILL KEIN RISIKO EINGEHEN!
ER GIBT EIN BANKETT FÜR SEINE GÄSTE, NEBEN DIE ER SEINE FÜNF UNVERHEIRATETEN TÖCHTER ALS TISCHDAMEN SETZT. ZUM SICHTBAREN ZEICHEN SEINER GELEHRSAMKEIT NANNTE ER SIE IN ALPHABETISCHER REIHENFOLGE ALICE, BEATRICE, CLARA UND DORA. DA DORT SEINE KENNTNIS DES ABC ENDETE, NANNTE ER DIE JÜNGSTE NACH EINEM DRACHEN, DEM ER EINST BEGEGNET WAR, OLLIE.
"MEINE REIZENDEN TÖCHTER!" SCHWÄRMT ER. "SO GEBILDET, SO TUGENDHAFT, SO ERFAHREN IN DER HAUSARBEIT, SO UNVERGLEICHLICH SCHÖN. DIE PASSENDEN GEMAHLINNEN FÜR EDLE RITTER!"
"IHRE EHEMÄNNER WERDEN SICH MIT MIR MEIN KÖNIGREICH TEILEN UND MEIN GESCHÄFT AUSWEITEN. NUN, WAS SAGT IHR?"
"EIN GROSSZÜGIGES ANGEBOT!" RUFT EISENHERZ. "ZU DUMM, DASS ICH VERHEIRATET BIN. WIE STEHT ES MIT DIR, EGIL?"
"ABER, EISENHERZ! DU WEISST DOCH, DASS ICH MIT EINEM MÄDCHEN IN THULE VERLOBT BIN! WIE WÄR'S MIT RUFUS?"
"DIESE JUNGFRAUEN SIND ALLE VON SO ZARTEM LIEBREIZ, DASS ICH MICH NIE FÜR EINE VON IHNEN ENTSCHEIDEN KÖNNTE!"
ALLE TÖCHTER KICHERN EINFÄLTIG. NUR OLLIE NICHT. SIE STARRT MIT ERNSTER MIENE AUF ARF, ZEIGT MIT DEM FINGER AUF IHN UND SAGT: "ICH NEHME DEN DA!"
ARF SPRINGT AUF UND WIRFT SICH WIE ÜBLICH DRAMATISCH IN POSITUR: "ICH HABE MEIN LEBEN DEM DIENST DER LADY ALETA VERSCHRIEBEN! ICH KANN NIE HEIRATEN!"
HAL FOSTER
DA VERLIERT KÖNIG DUMDRIBILE DIE FASSUNG!
712 10-1-50
COPR 1950, KING FEATURES SYNDICATE, Inc., WORLD RIGHTS RESERVED

Prinz Eisenherz
Aus den Tagen König Arthurs
BY HAROLD R FOSTER
DIE KÜHNEN KRIEGER AUS DEM NORDEN HATTEN GEGRINST, ALS SIE SAGTEN, SIE WÜRDEN KÖNIG DUMDRIBILE ALS RÄUBER HÄNGEN. ER WUSSTE, DASS SIE AUCH DAS LACHEND TUN WÜRDEN. ALS SEIN PLAN, SIE ALLE ZU SEINEN SCHWIEGERSÖHNEN ZU MACHEN, SCHIEFGEHT, GERÄT ER IN RAGE.
PRINZ EISENHERZ IST HUNGRIG. ER FRAGT SICH, OB DAS GANZE ESSEN ZU WURFGESCHOSSEN WERDEN WIRD, ALS ER DIE SCHÜSSEL MIT HEISSER BRÜHE BEMERKT.
DIE SCHÖPFKELLE LIEGT IM RICHTIGEN WINKEL. DER WUTAUSBRUCH ENDET. MAN KANN IN RUHE WEITERESSEN.
DIE SCHÖNEN TÖCHTER DES KÖNIGS ESSEN SO UNBEKÜMMERT WEITER, ALS WÄREN SIE SOLCHE WUTAUSBRÜCHE GEWOHNT. NUR DIE JÜNGSTE NICHT. SIE STARRT ARF ERNSTEN BLICKES AN.
ES KÜMMERT OLLIE NICHT, DASS ARF SEIN LEBEN IN DEN DIENST SEINER LADY ALETA GESTELLT HAT. SIE FOLGT IHM ÜBERALLHIN.
EISENHERZ MACHT DEN SENESCHALL DES KÖNIGS AUSFINDIG UND FRAGT IHN, OB GEFANGENE EINGEKERKERT SIND. DER SENESCHALL ANTWORTET AUSWEICHEND.
ALSO BEFRAGEN SIE IHN ERNEUT. DABEI WIRD ER GESPRÄCHIGER... UND FINDET SOGAR DIE SCHLÜSSEL ZUM KERKER.
COPR. 1950, KING FEATURES SYNDICATE, Inc., WORLD RIGHTS RESERVED. 713 10-8-50
SIE HOLEN DIE GEISELN AUS DEM KERKER... LANDARBEITER, DIE JE EINEN PFENNIG LÖSEGELD WERT SIND, EIN PAAR HAUSIERER, SOGAR EIN ODER ZWEI REICHE KAUFLEUTE.
HAL FOSTER
DIE UNVERHOHLENE RAFFGIER DES KÖNIGS WIDERT EISENHERZ SO AN, DASS ER EINEN KÖNIGLICHEN GAST IN DEN KERKER WIRFT!

Prinz Eisenherz
Aus den Tagen König Arthurs
BY HAROLD R. FOSTER
PRINZ EISENHERZ ENTLÄSST ALLE LÖSEGELD-"GÄSTE" AUS KÖNIG DUMDRIBILES KERKER, DAMIT PLATZ FÜR EINEN EHRENGAST WERDE... DEN KÖNIG HÖCHSTPERSÖNLICH. WIE ÜBLICH BEKOMMT DER KÖNIG EINEN WUTANFALL.
"FALLS EINER VON EUCH KÖNIG DUMDRIBILES SCHWIEGERSOHN WERDEN UND DIE ZWEIFELHAFTE EHRE HABEN WILL, DIESES KÖNIGREICH MITZUREGIEREN: DAS HIER SIND SEINE REIZENDEN TÖCHTER!"
UNTER DEN BEMITLEIDENSWERTEN GEFANGENEN SIND EIN HAUSIERER, ZWEI BAUERN UND EIN KAUFMANN, DIE SICH VORSTELLEN KÖNNTEN, IN DEN ADELSSTAND EINZUHEIRATEN.
DER KÖNIG, DER SICH WIEDER BERUHIGT HAT, WIRD HERBEIGEHOLT UND GIBT DEN EHEN SEINEN FRAGWÜRDIGEN SEGEN.
ALS HOCHZEITSGESCHENK HAT EISENHERZ EINEN RAT ZU GEBEN: "ZWEI VON EUCH KENNEN ACKERLAND, ZWEI HABEN ERFAHRUNG IN GESCHÄFTEN. ES SOLLTE EUCH MÖGLICH SEIN, DAS KÖNIGREICH GUT ZU VERWALTEN. BLEIBT DER KÖNIG BEI SEINEN SCHURKENSTREICHEN, GIBT ES IMMER NOCH DEN KERKER!"
OBWOHL ARF WIEDERHOLT, DASS SEIN LEBEN DEM DIENST EINER LADY GEWEIHT IST, ACHTET OLLIE NICHT DARAUF UND FOLGT IHM ÜBERALLHIN.
"WENN DU ERWACHSEN WIRST UND DIESE HOCHTRABENDEN VORSTELLUNGEN VERLIERST, DANN KOMM ZU MIR ZURÜCK", SAGT SIE ZU IHM. "WIR HEIRATEN UND NEHMEN DAS KÖNIGREICH DEN DUMMEN MÄNNERN MEINER SCHWESTERN WEG. DANN WIRST DU KÖNIG".
COPR. 1950, KING FEATURES SYNDICATE, Inc., WORLD RIGHTS RESERVED.
714 10-15-50
IM MORGENGRAUEN VERLASSEN SIE BOISANIE. DER JUNGE ARF REITET MIT STOLZGESCHWELLTER BRUST, DA IHM EINE PRINZESSIN EIN KÖNIGREICH ANGETRAGEN HAT! DAS LEBEN IST WUNDERBAR! UND SCHÖN WAR SIE AUCH!

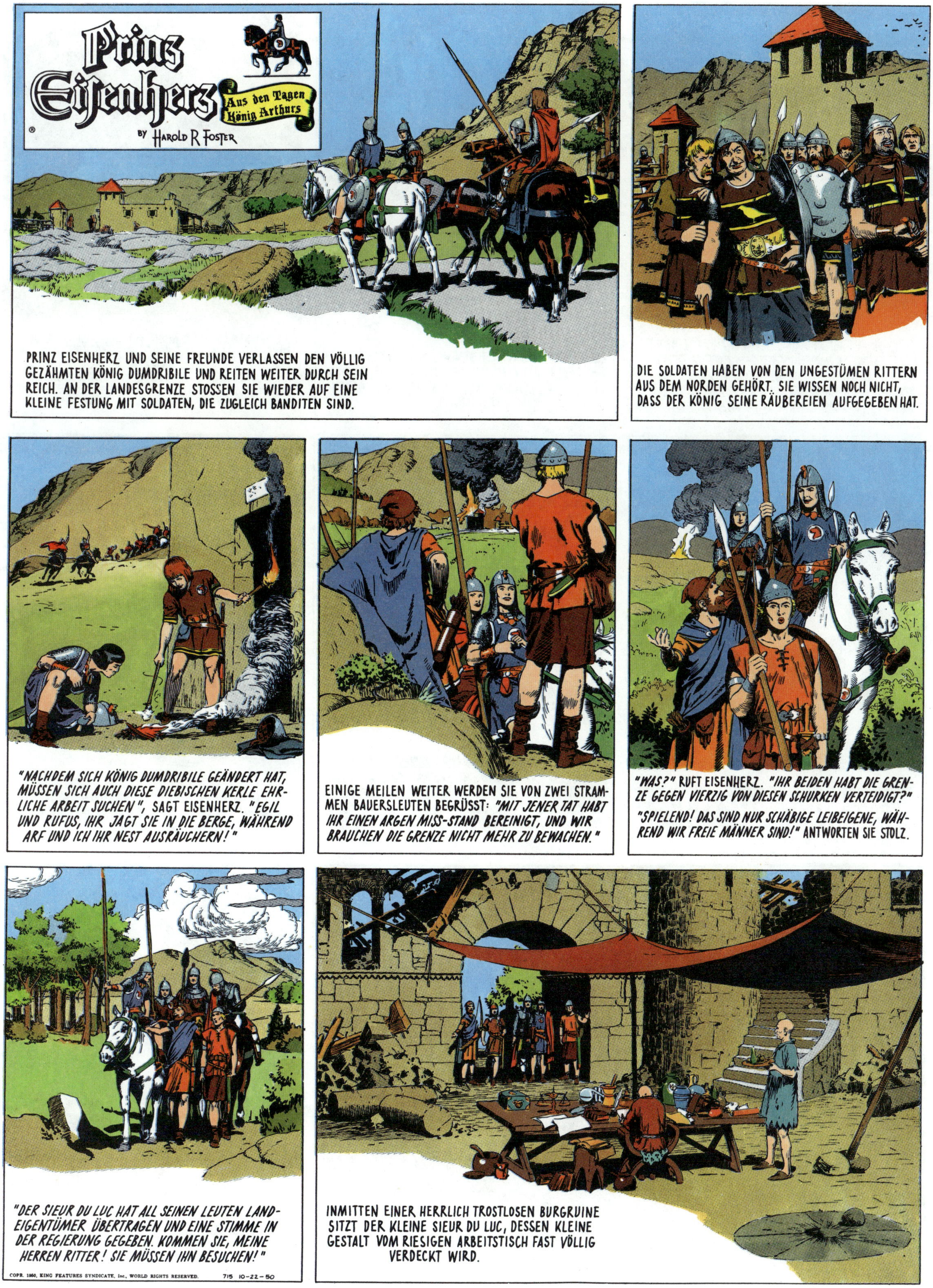

Prinz Eisenherz
Aus den Tagen König Arthurs
BY HAROLD R FOSTER
PRINZ EISENHERZ UND SEINE FREUNDE VERLASSEN DEN VÖLLIG GEZÄHMTEN KÖNIG DUMDRIBILE UND REITEN WEITER DURCH SEIN REICH. AN DER LANDESGRENZE STOSSEN SIE WIEDER AUF EINE KLEINE FESTUNG MIT SOLDATEN, DIE ZUGLEICH BANDITEN SIND.
DIE SOLDATEN HABEN VON DEN UNGESTÜMEN RITTERN AUS DEM NORDEN GEHÖRT. SIE WISSEN NOCH NICHT, DASS DER KÖNIG SEINE RÄUBEREIEN AUFGEGEBEN HAT.
"NACHDEM SICH KÖNIG DUMDRIBILE GEÄNDERT HAT, MÜSSEN SICH AUCH DIESE DIEBISCHEN KERLE EHRLICHE ARBEIT SUCHEN", SAGT EISENHERZ. "EGIL UND RUFUS, IHR JAGT SIE IN DIE BERGE, WÄHREND ARF UND ICH IHR NEST AUSRÄUCHERN!"
EINIGE MEILEN WEITER WERDEN SIE VON ZWEI STRAMMEN BAUERSLEUTEN BEGRÜSST: "MIT JENER TAT HABT IHR EINEN ARGEN MISS-STAND BEREINIGT, UND WIR BRAUCHEN DIE GRENZE NICHT MEHR ZU BEWACHEN."
"WAS?" RUFT EISENHERZ. "IHR BEIDEN HABT DIE GRENZE GEGEN VIERZIG VON DIESEN SCHURKEN VERTEIDIGT?"
"SPIELEND! DAS SIND NUR SCHÄBIGE LEIBEIGENE, WÄHREND WIR FREIE MÄNNER SIND!" ANTWORTEN SIE STOLZ.
"DER SIEUR DU LUC HAT ALL SEINEN LEUTEN LANDEIGENTÜMER ÜBERTRAGEN UND EINE STIMME IN DER REGIERUNG GEGEBEN. KOMMEN SIE, MEINE HERREN RITTER! SIE MÜSSEN IHN BESUCHEN!"
COPR. 1950, KING FEATURES SYNDICATE, Inc., WORLD RIGHTS RESERVED. 715 10-22-50
INMITTEN EINER HERRLICH TROSTLOSEN BURGRUINE SITZT DER KLEINE SIEUR DU LUC, DESSEN KLEINE GESTALT VOM RIESIGEN ARBEITSTISCH FAST VÖLLIG VERDECKT WIRD.

Prinz Eisenherz
Aus den Tagen König Arthurs
BY HAROLD R FOSTER
SIEUR DU LUC HEISST PRINZ EISENHERZ UND SEINE GEFÄHRTEN WILLKOMMEN: "ENTSCHULDIGT BITTE DIE LEICHTE UNORDNUNG, MEINE HERREN. ABER ICH BIN BEMÜHT, EIN UNGEHEUER UNTER KONTROLLE ZU BEKOMMEN, DAS MANCHMAL SEHR UNBÄNDIG IST."
EISENHERZ BETRACHTET DEN KLEINEN, KAHLKÖPFIGEN GASTGEBER. DAS ALSO IST DER MANN, DER BEI SEINEN KRÄFTIGEN FREIEN BAUERN SO BELIEBT UND GEACHTET IST.
SIE SPEISEN IN EINER NICHT VERFALLENEN ECKE DER BURG. "ICH GEHE GANZ IN DER WISSENSCHAFT AUF, DAHER HABE ICH DAS LAND UNTER MEINEN LEUTEN AUFGETEILT UND LASSE ES VON IHNEN MIT EINER RATSVERSAMMLUNG VERWALTEN. SIE MACHEN DAS BESSER ALS ICH. SO HAT JEDER MEHR ZEIT FÜR SEINE ARBEIT."
"ICH HABE EINE FORMEL, MIT DER ICH EINEN GEIST HERAUFBESCHWÖREN KANN. ABER ICH HABE NOCH KEIN MITTEL GEFUNDEN, UM IHN ZU BEHERRSCHEN. KOMMT, ICH ZEIGE ES EUCH!"
"ICH GEBE IN DIESES LOCH DAS BLUT EINES SCHWARZEN HAHNS, EINE KRÖTE UND EIN ZERBROCHENES WEINGLAS. DARAUF KOMMT EIN BEUTEL MEINES GEHEIMEN PULVERS. DANN SPRECHE ICH DIE ZAUBERWORTE 'O ÄRGERNIS!' UND ROLLE EINEN GLÜHENDHEISSEN STEIN IN DAS LOCH..."
DER GEIST STÖSST EIN OHRENBETÄUBENDES BRÜLLEN AUS, UND EINE STICHFLAMME SCHLEUDERT DEN STEIN HIMMELWÄRTS.
NACH EINER WEILE KOMMT DER STEIN WIEDER HERUNTER. ABER ES DAUERT ERKLECKLICH LÄNGER, BIS EGIL, RUFUS UND DER JUNGE ARF ZURÜCKKOMMEN.
COPR. 1950, KING FEATURES SYNDICATE, Inc., WORLD RIGHTS RESERVED. 716 10-29-50
HAL FOSTER
"ICH REDUZIERE DIE FORMEL NACH UND NACH. NÄCHSTES MAL LASSE ICH DIE KRÖTE WEG."

Prinz Eisenherz
Aus den Tagen König Arthurs
BY HAROLD R FOSTER
PRINZ EISENHERZ UND SEINE FREUNDE VERLASSEN DIE BURGRUINE DES SIEUR DU LUC ZIEMLICH EILIG, DA IHRE NERVEN WEGEN SEINER EXPERIMENTE MIT EINEM BRÜLLENDEN GEIST, DER FLAMMENDE STEINE AN DEN HIMMEL SPUCKT, ANGEGRIFFEN SIND.
KAUM SIND SIE IN SICHERER ENTFERNUNG VON DER BURG, SCHOCKIERT SIE EISENHERZ MIT DEN WORTEN: "ALS ABSCHIEDSGESCHENK HAT MIR DER SIEUR ETWAS VON SEINEM ZAUBERPULVER GEGEBEN."
"ALS SCHÜLER DES GROSSEN ZAUBERERS MERLIN", BEGINNT EISENHERZ DOZIEREND, "BIN ICH ÜBERZEUGT, DASS DIE KRAFT IN DIESEM PULVER LIEGT UND DASS DIE SYMBOLE UND BESCHWÖRUNGEN ÜBERFLÜSSIG SIND..."
"...WIR SCHÜTTEN ETWAS DAVON INS FEUER..."
WOHER SOLLTE EISENHERZ AUCH WISSEN, DASS DER SIEUR DU LUC ZUFÄLLIG DAS SCHIESSPULVER ENTDECKT HATTE?
VIELE MINUTEN LANG HERRSCHT BEDROHLICHES SCHWEIGEN. ALS SICH DER RAUCH VERZIEHT, KANN SICH JEDER NACH EINEM BLICK AUF DIE ANDEREN AUSMALEN, WIEVIEL VOM EIGENEN GUTEN AUSSEHEN ÜBRIGGEBLIEBEN IST!
717 11-5-50 COPR. 1950, KING FEATURES SYNDICATE, Inc., WORLD RIGHTS RESERVED.
SIE LIEBEN UND ACHTEN IHREN ANFÜHRER, ABER WAS ZUVIEL IST, IST ZUVIEL!
HAL FOSTER

Prinz Eisenherz
Aus den Tagen König Arthurs
PRINZ EISENHERZ KLETTERT TRIEFEND AUS DEM SUMPF, IN DEN IHN SEINE LIEBEN FREUNDE GEWORFEN HABEN. ER BESIEHT SICH DEN SCHADEN, DEN SEIN SORGLOSER UMGANG MIT DEM ZAUBERPULVER DES SIEUR DU LUC ANGERICHTET HAT.
DER SCHADEN IST NICHT TÖDLICH. ER IST SCHLIMMER ALS DER TOD! DREI DER STATTLICHSTEN KRIEGER IN GANZ THULE SIND ÜBEL ZUGERICHTET. IHRE HAARTRACHT HAT SICH IN RAUCH AUFGELÖST!
EINER NACH DEM ANDEREN LÄSST SICH VON ARF EINEN HAARSCHNITT VERPASSEN, DENN EIN HALBBEHAARTER KOPF IST SCHLIMMER ALS EIN KURZGESCHORENER.
SIE REITEN WIEDER WEITER. EISENHERZ, DER IN UNGNADE GEFALLEN IST, BILDET MIT DEM PACKPFERD ALS GESELLSCHAFT DIE NACHHUT.
ÜBER DIE WIESEN KOMMT EIN SCHÖNER JÜNGLING MIT ZERRISSENER KLEIDUNG UND RUFT LAUT UM HILFE.
"IHR HERREN, ICH BITTE UM GERECHTIGKEIT!" RUFT ER. "MEINE LIEBSTE, MEINE HERZENSDAME, WIRD VON EINEM SCHURKEN GEFANGENGEHALTEN! HELFT MIR BITTE!"
COPR. 1950, KING FEATURES SYNDICATE, Inc., WORLD RIGHTS RESERVED. 718 11-12-50
"ER RITT MIT IHR ZU JENEN VILLEN DORT... SUCHT SIE FÜR MICH! IHR WERDET SIE AN IHREM FLAMMENDROTEN HAAR, IHREN MEERESBLAUEN AUGEN UND IHRER LILIENGLEICHEN SCHLANKHEIT ERKENNEN!"
HAL FOSTER
DA DIE BITTE EIN ROMANTISCHES ABENTEUER ZU VERSPRECHEN SCHEINT, ERKLÄREN SICH EISENHERZ UND SEINE GEFÄHRTEN GERN ZUR HILFE BEREIT.

Prinz Eisenherz
Aus den Tagen König Arthurs
BY HAROLD R FOSTER
PRINZ EISENHERZ, EGIL, RUFUS UND ARF REITEN ZU DEM VILLENORT, UM EIN MÄDCHEN MIT ROTEN HAAREN UND BLAUEN AUGEN ZU IHREM GELIEBTEN ZURÜCKZU-BRINGEN.
"ES SIND ZWANZIG VILLEN ZU DURCHSUCHEN. WIR TRENNEN UNS, UM DIE SACHE SCHNELLER ZU ERLEDIGEN!"
ARF HÖRT HINTER EINER GARTENMAUER EINE MÄDCHEN-STIMME SINGEN. DAS SIND GENAU DIE RICHTIGEN VORAUS-SETZUNGEN FÜR EINE ROMANZE, WIE SIE BEI DEN BESTEN DICHTERN IM BUCHE STEHT. ARF ERKLIMMT DIE MAUER.
UM BESSER SEHEN ZU KÖNNEN, KLETTERT ER AUF EINEN STARKEN AST.
EIN HAGEL VON FRÜCHTEN UND BRECHENDEN ZWEIGEN LÄSST DAS MÄDCHEN AUFBLICKEN. SIE SIEHT ETWAS MERKWÜRDIGES ZWISCHEN DEN ÄPFELN HÄNGEN!
DOCH SELBST IN DIESER LAGE ERKENNT ARF, DASS SIE FLAMMENDROTE HAARE UND BLAUE AUGEN HAT!
"KOMMT! FLIEHT MIT MIR! EUER WAHRER GELIEB-TER WARTET AUF JENEM HÜGEL DORT, UND ICH BIN GEKOMMEN, EUCH ZU RETTEN!"
COPR. 1950, KING FEATURES SYNDICATE, Inc., WORLD RIGHTS RESERVED. 719 11-19-50
ARF VERZICHTET DARAUF, DURCHS TOR ZU GEHEN... DAS SOLLEN UNROMANTISCHE KAUFLEUTE BENÜTZEN! DAS MÄDCHEN LACHT FRÖHLICH, ALS ER IHR ÜBER DIE MAUER HILFT.
WÜTENDES GESCHREI IST ZU VERNEHMEN, ALS ER SEINEM PFERD DIE SPOREN GIBT. SELBST DER GRO-SSE PRINZ EISENHERZ HÄTTE DAS ABENTEUER NICHT BESSER BESTEHEN KÖNNEN!

Prinz Eisenherz
Aus den Tagen König Arthurs
BY HAROLD R FOSTER
PRINZ EISENHERZ, RUFUS, EGIL UND DER JUNGE ARF SUCHEN IN DEN VILLEN EIN MÄDCHEN MIT FLAMMENDROTEN HAAREN UND BLAUEN AUGEN. ARF HAT ES IN EINEM GARTEN GEFUNDEN!
EISENHERZ HINGEGEN SIEHT SIE AUS EINEM FENSTER SCHAUEN UND FLÜSTERT IHR ZU: *"KOMMT MIT MIR... EUER WAHRER GELIEBTER ERWARTET EUCH!"*
ER VERSTEHT NICHT GANZ, WAS SIE SAGT, ABER ES KLINGT FAST WIE: *"WIE AUFREGEND! JETZT WÜSSTE ICH NUR NOCH GERNE, WELCHER!"*
EGIL VERGEWISSERT SICH, DASS ER DAS BLAUÄUGIGE MÄDCHEN MIT FLAMMENDROTEM HAAR GEFUNDEN HAT...
...DANN HOLT ER SIE WORTLOS ZU SICH IN DEN SATTEL UND REITET INMITTEN WÜTENDEN GESCHREIS DAVON.
RUFUS SUCHT STUNDENLANG NACH EINEM ROTSCHOPF MIT BLAUEN AUGEN... DANN...
...ERGREIFT ER DIE ZÜGEL IHRES ZELTERS, VERTREIBT IHREN UNBEWAFFNETEN ENTFÜHRER MIT DEM SCHWERT UND REITET ZU DEN HÜGELN.
COPR 1950 KING FEATURES SYNDICATE, Inc., WORLD RIGHTS RESERVED 720 11-26-50
HAL FOSTER
INZWISCHEN SIND SEINE FREUNDE SIEGESSICHER MIT JE EINEM ROT-BLAUEN MÄDCHEN ZU DEM LIEBESKRANKEN TROUBADOUR ZURÜCKGEKEHRT. DER TROUBADOUR STIMMT SEIN INSTRUMENT, UND BLICKT NUR LANGE GENUG AUF, UM FESTZUSTELLEN: *"IHR NARREN! IHR HABT NICHT DAS RICHTIGE MÄDCHEN GEBRACHT!"*

Prinz Eisenherz
Aus den Tagen König Arthurs
BY HAROLD R FOSTER
EIN ROMANTISCHER JUNGER TROUBADOUR HAT PRINZ EISENHERZ, RUFUS, EGIL UND ARF UM HILFE GEBETEN. EIN SCHUFT IST IHM ZUVORGEKOMMEN UND HAT IHM DIE LIEBSTE GERAUBT. DOCH ALS SIE MIT DER GESUCHTEN ZURÜCKKOMMEN, SCHILT ER SIE: "IHR TÖRICHTEN NARREN. KEINES DER MÄDCHEN, DIE IHR GEBRACHT HABT, IST MEINE HERZALLERLIEBSTE!"
DANN PRESCHT RUFUS IM GALOPP HERAN. ER HAT EINEN WEITEREN ROTSCHOPF BEI SICH UND WIRD VON EINER ZORNIGEN MENGE VERFOLGT.
DER TROUBADOUR SPRINGT AUF UND RUFT: "MEIN SCHATZ! MEIN KLEINES TÄUBCHEN! MEINE ADELE!"
IHRE ANTWORT IST ÜBERZEUGEND UND ENDGÜLTIG. "DU SCHWACHKOPF MIT DEINER KATZENMUSIK!" FAUCHT SIE. "ICH SAG'S ZUM LETZTEN MAL: LASS MICH IN RUHE!"
"WIR HABEN MIT DEN ROTKOPF-ENTFÜHRUNGEN ETWAS ÜBERTRIEBEN", STELLT EISENHERZ BETRETEN FEST. "ES WERDEN VÄTER, BRÜDER, FREUNDE, VIELLEICHT SOGAR EHEMÄNNER IN DER SICH NÄHERNDEN MENGE SEIN... SOLLEN WIR UMGEHEND WEITERREISEN?"
SIE REISEN UMGEHEND IM GALOPP WEITER. SIE ERFAHREN NIE, WAS MIT DEM TROUBADOUR GESCHAH.
721 12-3-50
COPR. 1950, KING FEATURES SYNDICATE, Inc., WORLD RIGHTS RESERVED.
HAL FOSTER
SIE REITEN WEIT UND ERREICHEN BEI SONNENUNTERGANG EINE STOLZE BURG, DIE ERHOLUNG UND ERFRISCHUNG VERSPRICHT.

Prinz Eisenherz
Aus den Tagen König Arthurs
BY HAROLD R FOSTER
PRINZ EISENHERZ UND SEINE FREUNDE HABEN GLÜCK, DASS SIE NOCH VOR SONNENUNTERGANG EINE BURG ERREICHEN, DIE ESSEN UND SCHUTZ ERWARTEN LÄSST. DIE ZUGBRÜCKE WIRD FÜR SIE HERUNTERGELASSEN…
SIE REITEN HINEIN. EHE SICH DIE TORE SCHLIESSEN, KOMMT NOCH EIN REITER HERBEIGALOPPIERT.
MAN BRINGT IHNEN HANDTÜCHER UND EIN BECKEN MIT PARFÜMIERTEM WASSER, DAMIT SIE SICH ERFRISCHEN KÖNNEN.
SIE MÜSSEN LÄNGERE ZEIT WARTEN, EHE SIE DER BURGHERR EMPFÄNGT. WENN ER VOM KURZGESCHORENEN AUSSEHEN SEINER GÄSTE ÜBERRASCHT IST, SO IST ER ZU HÖFLICH, UM ES SICH ANMERKEN ZU LASSEN.
"EDLE HERREN", SAGT IHR GASTGEBER. "ES IST MIR EINE EHRE, DASS IHR HEUTE NACHT MEINE GÄSTE SEID. DOCH MORGEN MÜSST IHR ABREISEN, DENN ICH HABE EBEN DIE NACHRICHT ERHALTEN, DASS MEINE FEINDE ZU EINEM ANGRIFF AUFMARSCHIEREN."
IM MORGENGRAUEN BEDANKEN SIE SICH BEI IHREM GASTGEBER UND STEIGEN AUF DIE PFERDE… DOCH IHRE ABREISE VERZÖGERT SICH…
COPR. 1950, KING FEATURES SYNDICATE, Inc., WORLD RIGHTS RESERVED. 722 12-10-50
HAL FOSTER
…DENN AUF DER WIESE VOR DEM TOR WIMMELT ES VON BEWAFFNETEN MÄNNERN, UND JEDE MINUTE WERDEN ES MEHR. DER ANGRIFF HAT BEGONNEN!

Prinz Eisenherz
Aus den Tagen König Arthurs
BY HAROLD R FOSTER
PRINZ EISENHERZ, EGIL, RUFUS UND ARF HABEN AUF DER BURG EINE RUHIGE NACHT VERBRACHT. DER NÄCHSTE MORGEN HINGEGEN IST WENIGER ANGENEHM.
RUY FOULKE, IHR GASTGEBER, ERSCHEINT. "WAS FÜR EUCH VON NACHTEIL IST, IST FÜR MICH EIN GEWINN, DENN DIES IST EIN KAMPF BIS ZUM ENDE, BEI DEM JEDER KÄMPE WILLKOMMEN IST!"
"DORT STEHT MEIN FEIND, DER SCHWARZE ROBERT, EIN TAPFERER UND HARTER FELDHERR. NUR EINER VON UNS KANN DIESE SCHLACHT ÜBERLEBEN!"
EISENHERZ UND SEINE FREUNDE BESICHTIGEN DIE BURG, UM SICH MIT IHREN VERTEIDIGUNGSANLAGEN VERTRAUT ZU MACHEN. BEI DER VORBEREITUNG DER VERTEIDIGUNG GIBT ES NICHT DAS ÜBLICHE DURCHEINANDER, DA DIE BEIDEN UNNACHGIEBIGEN FEINDE SEIT VIELEN JAHREN GEPLANT HABEN, WIE SIE SICH VERNICHTEN KÖNNEN.
FUSS-SOLDATEN UMZINGELN DIE BURG. WÄHREND DES TAGES KOMMEN DIE KRIEGSMASCHINEN RAMME, BALLISTE, STEINSCHLEUDERMASCHINE UND KATAPULT HERBEI UND WERDEN GEGEN DAS HAUPTTOR ZUM EINSATZ GEBRACHT.
ZWEI TAGE LANG HALTEN DIE STARKEN, EISENBESCHLAGENEN TORE DEM FURCHTBAREN ANGRIFF STAND... DANN GEBEN SIE SPLITTERND NACH. DOCH IN DER ZWISCHENZEIT HAT SIR RUY DEN TORBOGEN ZUMAUERN LASSEN.
COPR 1951, KING FEATURES SYNDICATE, Inc., WORLD RIGHTS RESERVED 723 12-17-50
DER SCHWARZE ROBERT LÄSST ANGRIFF AUF ANGRIFF FOLGEN, UM DIE VERTEIDIGUNG ZU TESTEN UND DEREN SCHWACHPUNKTE AUSFINDIG ZU MACHEN.
HAL FOSTER
"UNSERE FEINDE SIND UNERWARTET STARK. EIN BOTE MUSS DURCHKOMMEN, UM MEINE BRÜDER ZU HILFE ZU HOLEN!"

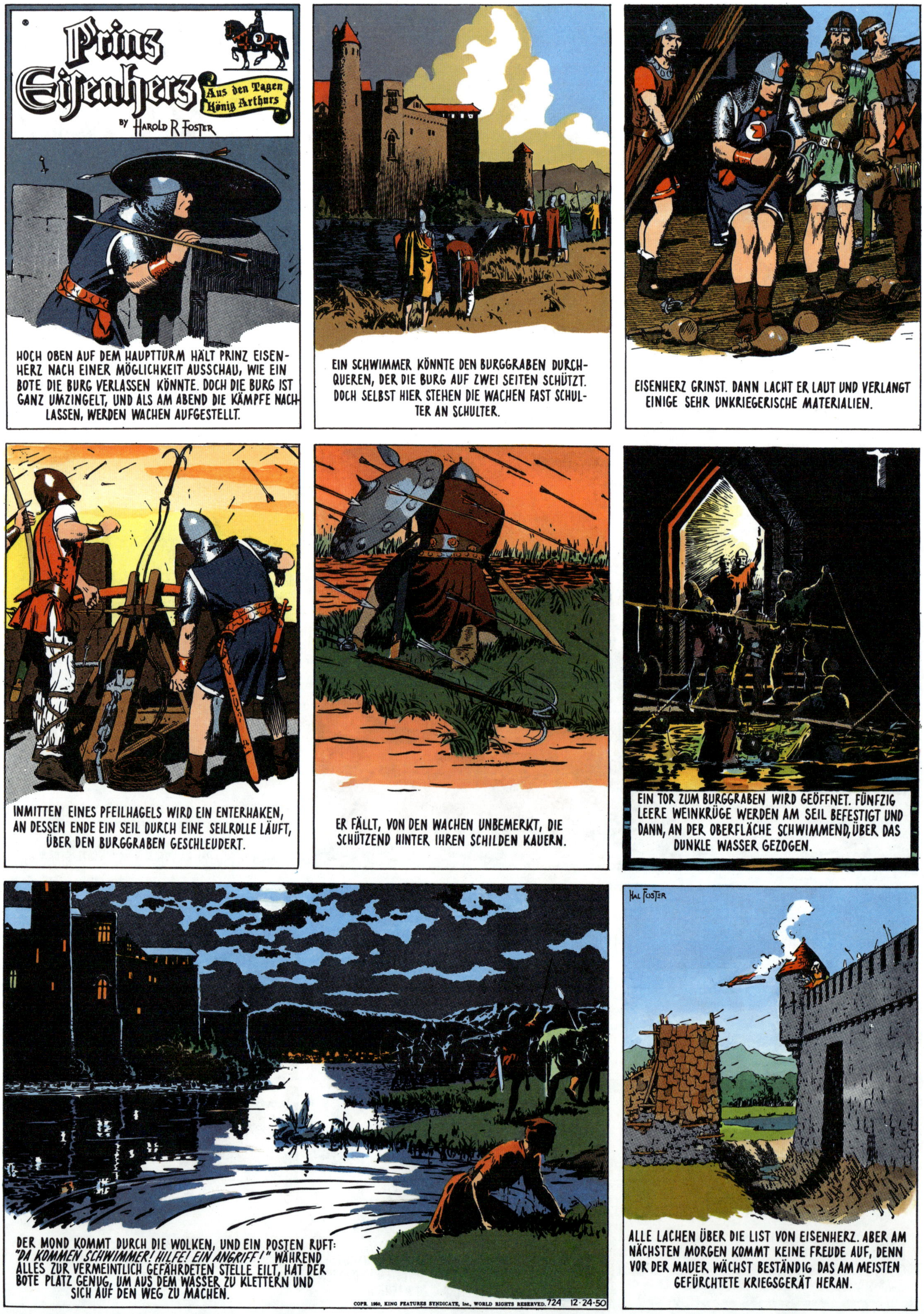
Prinz Eisenherz
Aus den Tagen König Arthurs
BY HAROLD R FOSTER
HOCH OBEN AUF DEM HAUPTTURM HÄLT PRINZ EISENHERZ NACH EINER MÖGLICHKEIT AUSSCHAU, WIE EIN BOTE DIE BURG VERLASSEN KÖNNTE. DOCH DIE BURG IST GANZ UMZINGELT, UND ALS AM ABEND DIE KÄMPFE NACHLASSEN, WERDEN WACHEN AUFGESTELLT.
EIN SCHWIMMER KÖNNTE DEN BURGGRABEN DURCHQUEREN, DER DIE BURG AUF ZWEI SEITEN SCHÜTZT. DOCH SELBST HIER STEHEN DIE WACHEN FAST SCHULTER AN SCHULTER.
EISENHERZ GRINST. DANN LACHT ER LAUT UND VERLANGT EINIGE SEHR UNKRIEGERISCHE MATERIALIEN.
INMITTEN EINES PFEILHAGELS WIRD EIN ENTERHAKEN, AN DESSEN ENDE EIN SEIL DURCH EINE SEILROLLE LÄUFT, ÜBER DEN BURGGRABEN GESCHLEUDERT.
ER FÄLLT, VON DEN WACHEN UNBEMERKT, DIE SCHÜTZEND HINTER IHREN SCHILDEN KAUERN.
EIN TOR ZUM BURGGRABEN WIRD GEÖFFNET. FÜNFZIG LEERE WEINKRÜGE WERDEN AM SEIL BEFESTIGT UND DANN, AN DER OBERFLÄCHE SCHWIMMEND, ÜBER DAS DUNKLE WASSER GEZOGEN.
DER MOND KOMMT DURCH DIE WOLKEN, UND EIN POSTEN RUFT: *"DA KOMMEN SCHWIMMER! HILFE! EIN ANGRIFF!"* WÄHREND ALLES ZUR VERMEINTLICH GEFÄHRDETEN STELLE EILT, HAT DER BOTE PLATZ GENUG, UM AUS DEM WASSER ZU KLETTERN UND SICH AUF DEN WEG ZU MACHEN.
COPR. 1950, KING FEATURES SYNDICATE, Inc., WORLD RIGHTS RESERVED. 724 12-24-50
HAL FOSTER
ALLE LACHEN ÜBER DIE LIST VON EISENHERZ. ABER AM NÄCHSTEN MORGEN KOMMT KEINE FREUDE AUF, DENN VOR DER MAUER WÄCHST BESTÄNDIG DAS AM MEISTEN GEFÜRCHTETE KRIEGSGERÄT HERAN.

Prinz Eisenherz
Aus den Tagen König Arthurs
BY HAROLD R FOSTER
UNTER DEM SCHUTZ VON BAUMSTÄMMEN UND NASSEN HÄUTEN WÄCHST DER "SCHLECHTE NACHBAR" IMMER HÖHER, DA DER SCHWARZE ROBERT SEINE MÄNNER TAG UND NACHT ANTREIBT. IST DER TURM ERST HÖHER ALS DIE BURGMAUER, KÖNNEN SEINE BOGENSCHÜTZEN ÜBER DIE MAUER IN DIE BURG SCHIESSEN.
SIR RUY KONTERT, INDEM ER DIE MAUER HÖHER AUFMAUERN LÄSST. ES IST EIN WETTLAUF MIT DER ZEIT.
DER SCHWARZE ROBERT HAT ZUM BAUEN UNBEGRENZT MATERIAL ZUR VERFÜGUNG, SIR RUY HAT NUR, WAS SICH IN SEINER BURG BEFINDET.
DA ERINNERT SICH PRINZ EISENHERZ DARAN, DASS DER TURM DRAUSSEN OHNE FESTES FUNDAMENT IST. DAHER WERDEN KÄMPFER ZU MAULWÜRFEN, DIE SICH IN DIE ERDE HINEINWÜHLEN.
DER TUNNEL FÜHRT ZU EINER ECKE DES "SCHLECHTEN NACHBARN". HIER WIRD EINE GROSSE KAMMER AUSGEHOBEN UND DAS GROSSE GEWICHT MIT KRÄFTIGEN STÄMMEN ABGESTÜTZT. DEN BODEN ENTLANG WIRD EIN LUFTTUNNEL GEMAUERT. DANN WIRD DIE KAMMER MIT REISIGBÜNDELN UND HOLZKOHLE GEFÜLLT UND FEUER GELEGT.
DIE BLASEBALGE AUS DER SCHMIEDE UND DER WAFFENKAMMER WERDEN GEHOLT, UM DEN FLAMMEN RASCH VIEL LUFT ZUZUFÜHREN.
COPR. 1950, KING FEATURES SYNDICATE, Inc., WORLD RIGHTS RESERVED. 725 12-31-50
DIE GANZE NACHT WIRD LUFT HINEINGEPUMPT, BIS DER BODEN VON DER GROSSEN HITZE IN DER KAMMER ZU GLÜHEN BEGINNT. DANN BRENNEN DIE STÜTZBALKEN DURCH, UND DER TURM FÄLLT DONNERND IN SICH ZUSAMMEN.
HAL FOSTER
DER SCHWARZE ROBERT STEHT GANZ STILL, ALS DIE ARBEIT VON WOCHEN ZU BRUCH GEHT. DANN MACHT ER SICH ERNEUT ANS WERK... DENN DIESER RESOLUTE MANN GIBT NIE AUF.

Prinz Eisenherz
Aus den Tagen König Arthurs
BY HAROLD R FOSTER
DER SCHWARZE ROBERT TREIBT SEINE KONSTRUKTEURE UNERBITTLICH AN, SO DASS JEDEN TAG NEUE MASCHINEN DEN BESCHUSS DER BURGMAUERN AUFNEHMEN.
HINTER DEN WANKENDEN MAUERN KÄMPFT RUY FOULKE VERBISSEN. AUF BEIDEN SEITEN DER MAUERN LICHTEN SICH DIE REIHEN MIT JEDEM TAG.
NUR EIN ORT IN DER BURG IST SICHER... EIN KLEINER GARTEN, IN DEM SICH MÜDE HAUPTLEUTE EINE STUNDE RUHE STEHLEN KÖNNEN. UND HIER HÖRT SIR RUYS KLEINE TOCHTER MIT WEIT AUFGERISSENEN AUGEN BERICHTE VOM KAMPFGESCHEHEN.
IN DER AUSSENMAUER ERSCHEINEN UNHEILVERKÜNDENDE SPRÜNGE. BALD WIRD DER FÜRCHTERLICHE BESCHUSS EINE BRESCHE SCHLAGEN. "WENN WIR DIE BALLISTEN NICHT STOPPEN KÖNNEN, GIBT DAS EINEN MÖRDERISCHEN KAMPF", SAGT EISENHERZ.
IN DER KÜHLEN STUNDE VOR DEM MORGENGRAUEN ÖFFNET SICH EIN AUSFALLTOR, UND EISENHERZ FÜHRT EINE VERZWEIFELTE TRUPPE HINAUS IN DIE DUNKELHEIT.
NUR ALLZU WENIGE VON IHNEN KEHREN ZURÜCK. ABER HINTER IHNEN IST DER HIMMEL GERÖTET VON DEN FLAMMEN BRENNENDER KRIEGSMASCHINEN!
©COPR. 1951, KING FEATURES SYNDICATE, Inc., WORLD RIGHTS RESERVED. 726 1-7-51
UND SIE HABEN DEN WACHHABENDEN HAUPTMANN GEFANGENGENOMMEN. IM AUFZIEHENDEN MORGENGRAUEN IST SEIN GESICHT ZU ERKENNEN. "ADRIAN, DER SOHN DES SCHWARZEN ROBERT!" RUFT SIR RUY. "WAHRHAFT EIN GUTER FANG!"
HAL FOSTER
ABER VON EINEM FENSTER FLÜSTERT EINE ANDERE STIMME! "ADRIAN! OH, MEIN ADRIAN!"

Prinz Eisenherz
Aus den Tagen König Arthurs
BY HAROLD R FOSTER
DER BRAND DER KRIEGSMASCHINEN UND DIE GEFANGENNAHME SEINES SOHNES ADRIAN LASSEN DEN SCHWARZEN ROBERT NUR UM SO UNNACHGIEBIGER WEITERKÄMPFEN.
ER WEISS NUR ZU GUT, DASS DIE AUSSENMAUER GESCHWÄCHT IST, UND LÄSST SIE DAHER MIT DEN VERBLEIBENDEN BALLISTEN BESCHIESSEN!
KRACHEND STÜRZT SIE EIN. ENDLICH IST IN DIE MAUER EINE BRESCHE GESCHLAGEN!
MITTEN IN DER BRESCHE, WO DAS WILDESTE KAMPFGETÜMMEL ERWARTET WIRD, LÄSST SIR RUY SEINEN GEFANGENEN FESSELN. *"JETZT SOLL DER SCHWARZE ROBERT RUHIG DIE BRESCHE ERSTÜRMEN!"*
DURCH SO ETWAS WIE EIN WUNDER ÜBERLEBT ADRIAN DEN TÖDLICHEN PFEILHAGEL, IN DESSEN SCHUTZ DER ANGRIFF STATTFINDET. DANN KOMMT DER SCHOCK!
RUFUS REGAN, PRINZ EISENHERZ UND JARL EGIL STEHEN SCHULTER AN SCHULTER IN DER BRESCHE, UND MINNESÄNGER ERZÄHLEN NOCH IMMER VON DEN TATEN, DIE SIE AN DIESEM TAGE VOLLBRACHTEN!
HAL FOSTER
HASS, BEGIERDE UND STOLZ KÖNNEN MUTIGE TATEN BEWIRKEN... ABER DAS KANN AUCH DIE LIEBE.
COPR. 1951, KING FEATURES SYNDICATE, Inc., WORLD RIGHTS RESERVED. 727 1-14-51
INMITTEN DES GERUCHS VON BLUT UND SCHWEISS BEMERKT EISENHERZ EINEN HAUCH VON PARFÜM. WÄHREND ER AUF DEN GEGNER VOR SICH EINSCHLÄGT, RISKIERT ER EINEN SCHNELLEN BLICK ÜBER DIE SCHULTER...
...UND DORT STEHT DIE TOCHTER VON RUY FOULKE, ANGEKETTET AN DEN SOHN DES SCHWARZEN ROBERT!

Prinz Eisenherz
Aus den Tagen König Arthurs
BY HAROLD R FOSTER
PRINZ EISENHERZ TRITT AUS DER BRESCHE ZURÜCK, UND DER SCHWARZE ROBERT BLICKT AN SEINEM SOHN VORBEI IN DAS GESICHT DES MANNES, DEN ER HASST. RUY FOULKE STARRT AN SEINER KLEINEN TOCHTER VORBEI AUF SEINEN STOLZEN FEIND. DER SCHRECKLICHE KAMPFLÄRM VERSTUMMT, ALS DIE BEIDEN ANFÜHRER ZAUDERN. DANN RUFT EISENHERZ MIT HELLER STIMME IN DIE STILLE: "NUN? SOLLEN WIR WEITERKÄMPFEN UND DIESE BEIDEN JUNGEN LEUTE EUREM HASS UND STOLZ OPFERN?"
"IHR ZWEI KAMPFHÄHNE KÖNNT DAS AUCH NICHT IM ZWEIKAMPF AUSTRAGEN, WEIL EURE FAMILIEN DEN KAMPF VIELE GENERATIONEN LANG FORTSETZEN WÜRDEN."
"DARF ICH VORSCHLAGEN, DASS WIR DIE ERLEDIGUNG DER ANGELEGENHEIT IN DIE HÄNDE DIESER JUNGEN LEUTE LEGEN?"
COPR. 1961, KING FEATURES SYNDICATE, Inc., WORLD RIGHTS RESERVED.
728. 1-21
HAL FOSTER
ÜBER DIE JUNGE MAID, DIE SICH ZU IHREM GELIEBTEN AN DEN PFAHL KETTETE, WURDEN VIELE GEDICHTE GESCHRIEBEN UND LIEDER GESUNGEN.
ES GAB AUCH EINIGE HUNDERT WITWEN UND WAISEN, DIE AN DIESEM VORFALL GAR NICHTS ROMANTISCHES ENTDECKEN KONNTEN. SIE MACHTEN SICH NUN EINMAL NICHTS AUS GEDICHTEN!

Die großen COMIC-ROMANE bei Carlsen

ALEXANDER NIKOPOL IM 21. JAHRHUNDERT
von Enki Bilal

Im 21. Jahrhundert ist Paris zu einem faschistischen Stadtstaat geworden, in dem Alexander Nikopol mit mysteriösen Phänomenen konfrontiert wird. Als dann eines Tages noch die Götter in einem pyramidenförmigen Raumschiff über der französischen Hauptstadt auftauchen, ist das Chaos perfekt…

AUF DER SUCHE NACH DEM VOGEL DER ZEIT
von Serge Le Tendre und Regis Loisel

Eine große Gefahr bedroht das Reich Akbar. Pelissa reist durch unzählige Gefahren, um den Vogel der Zeit zu finden. Nur mit seiner Hilfe läßt sich die Zeit gewinnen, die es braucht, um die Zauberformel zu sprechen, mit der Akbar gerettet werden kann. Ein unübertroffenes Fantasy-Epos voller faszinierender Charaktere, bezaubernder Bilder und sprühender Ideen!

AUF DER SUCHE NACH PETER PAN
von Cosey

Die Suche nach einem Thema für einen neuen Roman wird für den Schriftsteller Woodworth zu einer Begegnung mit seiner eigenen Vergangenheit. Dieser poetische Comic-Roman, der die Atmosphäre der verschneiten Gebirgstäler der Schweiz gekonnt einfängt, wurde 1988 als beste deutsche Comic-Publikation mit dem »Max und Moritz Preis« ausgezeichnet.

BAB EL-MANDEB
von Attilio Micheluzzi

Ägypten 1935: Der britische Sergeant Major Peter Cushing und der italienische Anarchist Libertario Miccoli versuchen, einen Panzer zur Unterstützung Abessiniens nach Eritrea zu bringen. Die gemeinsame Mission schweißt die beiden grundverschiedenen Männer langsam zu einem Team zusammen, das sich in der glutheißen Wüste behaupten muß.

CONGO 40
von Raives und Warnauts

Während des zweiten Weltkrieges verschlägt es den jungen Belgier Vincent in eine Plantage in den Kongo. Und er bleibt, verstrickt in eine lebenslange, unmögliche Liebe. Seit François Bourgeons »Reisende im Wind« hat es keinen Comic gegeben, dessen Zeichnung des schwarzen Kontinents so eindrücklich ist.

CORTO MALTESE
von Hugo Pratt

Corto Maltese ist ein Einzelgänger, ein Kapitän ohne Schiff. Das Schicksal treibt ihn durch eine Welt, in der Realität, Phantasie und Magie sich ständig mischen. In Südamerika, Afrika, Europa und Asien muß er immer wieder feststellen, daß das beginnende 20. Jahrhundert auch das Ende der großen Epoche der Romantik, der Reisen und der Abenteuer ist.

DIE GEFÄHRTEN DER DÄMMERUNG
von François Bourgeon

In einer Welt voller Gefahren suchen Mariotte, die Ausgestoßene, Anicet, der dem Tod Entronnene und ein Ritter ohne Gesicht nach der »Schwarzen Kraft«. »Die Gefährten der Dämmerung« ist eine barock verschlungene Fantasy-Trilogie, die in ihrer Komplexität an Umberto Eco erinnert.

INDIANISCHER SOMMER
von Hugo Pratt und Milo Manara

»Der indianische Sommer« ist das Ergebnis der ersten Zusammenarbeit der beiden Giganten der italienischen Comics: Hugo Pratt und Milo Manara. In diesem meisterhaften Comic-Roman schildern sie die dramatischen Ereignisse um die Siedlung Neu-Kanaan Ende der 20er Jahre des 17. Jahrhunderts. Eine Story voller schicksalhafter Intrigen, erzählt in Bildern von faszinierender Leichtigkeit.

DIE REISE ANS ENDE DER WELT
von Makyo und Vicomte

In den von den Einheimischen gemiedenen Sümpfen, ängstlich das »Ende der Welt« genannt, gerät Arthis Jolinon in ein fremdartiges Reich, das voller Rätsel und Geheimnisse steckt. Er merkt schnell, daß die dramatischen Ereignisse hier sein Leben von Grund auf verändern werden…

DIE REISE NACH TULUM
von Federico Fellini und Milo Manara

Nach Fellinis Drehbuch für einen noch nicht realisierten Film über den Mystiker Carlos Castaneda hat der italienische Kultzeichner Manara ein Comic-Abenteuer voller prickelnder Erotik geschaffen. Sorgfältig ediert und mit ergänzenden Texten und Zeichnungen versehen, ist dieses Buch das Comic-Ereignis des Jahres!

REISENDE IM WIND
von François Bourgeon

Durch eine schicksalhafte Verwechslung gelangt die Adlige Isabeau de Marnaye gegen Ende des 18. Jahrhunderts bis nach Afrika und wird dort mit der grausamen Realität des Menschenhandels konfrontiert. Ein packendes historisches Epos, das der Erzählkunst der Comics eine neue Dimension erschlossen hat!

DIE WAHRHEIT ÜBER SHELBY
von Matthias Schultheiss

Dem Zuchthäusler Shelby wird die Begnadigung versprochen, wenn er sich für medizinische Versuche zur Verfügung stellt. Doch damit gerät er in einen Alptraum ohne Ende. Zwischen den verrottenden Kränen und rostigen Schiffswracks des Hamburger Hafens kommt es schließlich zu einem überraschenden Finale… Der erste große Comic-Roman des Hamburger Zeichners Matthias Schultheiss.

DER ZYKLUS DER ZWEI HORIZONTE
von Pierre Makyo und Christian Rossi

Prag 1989. Ein Kind kommt zur Welt, dessen Mutter am Vorabend der Geburt noch nicht einmal wußte, daß sie schwanger war. Die Schädeldecke des Neugeborenen weist eine anormale Verdickung auf, unter der sich ein lebender Fötus befindet. Steht dieses Ereignis in Zusammenhang mit dem seltsamen Tod Professor Mirilades, für dessen Forschungen über einen Zugang zum Jenseits sich der Geheimdienst brennend interessiert?

CARLSEN COMICS

Die großen Comic-Romane bei Carlsen – die etwas farbigere Literatur.
In jeder modernen Buchhandlung.

Die Welt von ÜBERMORGEN

AKIRA
von Katsuhiro Otomo

Im Tokio des Jahres 2030 experimentiert die Armee mit einer neuen Superwaffe: greisenhaften Kindern mit übernatürlichen Kräften. Das gefährlichste von ihnen, Akira, wird in einer unterirdischen Eiskammer in künstlichem Tiefschlaf gehalten, da sich seine Kräfte nicht beherrschen lassen. Aber eines Tages erwacht Akira aus seinem Kälteschlaf… Mit über 2.000 Seiten ist dieser japanische Superbestseller – bereits erfolgreich verfilmt – die längste Comic-Erzählung aller Zeiten!

BARBARELLA
von Jean-Claude Forest

Barbarella, die während ihrer Abenteuer im All nur zu gerne aus ihrem knallengen Raumanzug steigt, um sich mit Wesen von anderen Planeten zu vergnügen, ist die charmante Heldin in diesem unübertroffenen Klassiker der erotischen Comics. Erstmals erscheint diese Kultserie jetzt vollständig in deutscher Sprache.

DER EWIGE KRIEG
von Joe Haldeman und Marvano

Unbekannte Lebensformen überfallen in einer abgelegenen Galaxie Raumfrachter von der Erde. Eine Eliteeinheit bricht in die Tiefe des Alls auf, um die Tauren zu bekämpfen. Autor Joe Haldeman, der als Soldat in Vietnam war, liefert hier »eine literarische Abrechnung mit einem sinnlosen Krieg« (Lexikon der SF-Literatur).

JEREMIAH
von Hermann

Ein gewaltiger Krieg hat unsere Zivilisation ausgelöscht. In einer neuen Welt, in der neue Gesetze herrschen, müssen sich Jeremiah und sein Freund Kurdy gegen mörderische Gefahren behaupten. Ein Zukunftswestern der Spitzenklasse!

JOHN DIFOOL
von Alexandro Jodorowsky und Moebius

Ehe er sich versieht, wird Privatdetektiv John Difool, der Held dieser meisterhaft konstruierten SF-Oper, zur meistgesuchten Person des gesamten Universums. Die Incal-Saga ist »ein Epos von beinah homerischen Dimensionen, und es ist fast genausoviel darin los« (Comic Jahrbuch).

MAJOR GRUBERT
von Moebius

Mit Major Grubert hat der französische Starzeichner Moebius eine der verrücktesten Figuren der Comic-Geschichte geschaffen. In dieser Reihe werden erstmals alle Grubert-Storys vollständig und teilweise von Moebius neu koloriert nachgedruckt.

DAS ROBOT-IMPERIUM
von Michael Götze

Die Roboter, einst zum Wohle der Menschheit geschaffen, haben sich längst über ihre Schöpfer erhoben. Nur eine Handvoll Überlebender leistet noch Widerstand gegen das Robot-Imperium. Diese spannende Comic-Serie entstand vollständig am Computer!

ROCCO VARGAS
von Daniel Torres

Der ehemalige »Sternenflieger« und jetzige SF-Autor Rocco Vargas ist der Held dieser rasanten und mit spritzigem Humor durchsetzten Serie im New-Wave-Style, die ihren spanischen Zeichner Daniel Torres weltberühmt machte.

DIE SCHIFFBRÜCHIGEN DER ZEIT
von Jean-Claude Forest und Paul Gillon

Hundert Jahre haben Christopher und Valerie in einer Kapsel im All verbracht, um die Seuche zu überstehen, die die Menschheit Ende des 20. Jahrhunderts bedrohte. Als Chris aus dem Tiefschlaf erwacht, ist seine Begleiterin verschwunden. Forest und Gillon haben hier eine der faszinierendsten und intelligentesten SF-Serien überhaupt geschaffen.

VALERIAN UND VERONIQUE
von Pierre Christin und Jean-Claude-Mézières

Valerian und Veronique sind Agenten des »Raum-Zeit-Service«, der von Galaxity aus operiert. Ihre Reisen in entfernte Sonnensysteme der Vergangenheit und der Zukunft reflektieren mit hintergründigem Witz auch Probleme unserer Gegenwart. Die erfolgreichste europäische SF-Serie!

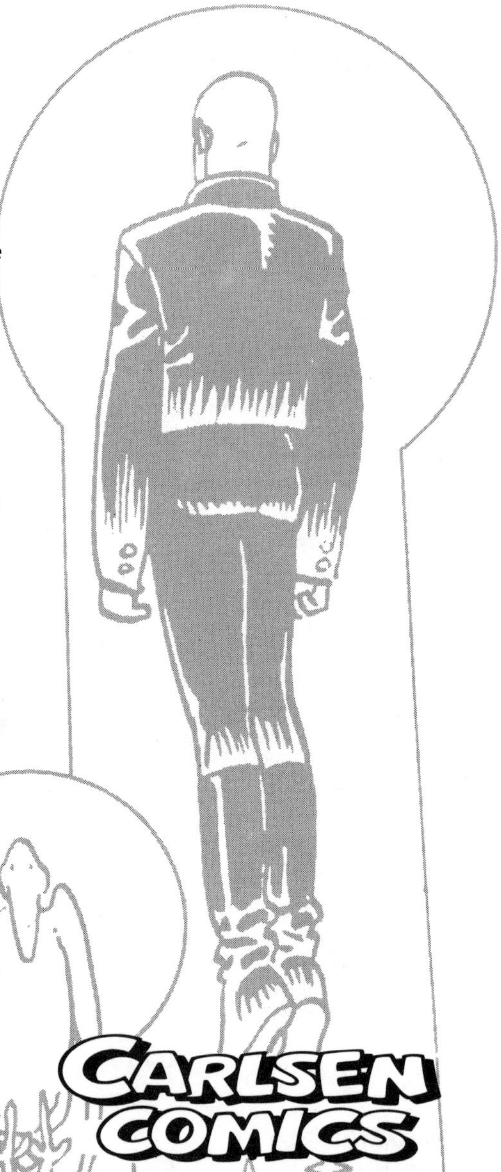

CARLSEN COMICS

Die atemberaubenden Science-Fiction-Comics bei Carlsen.
In jeder modernen Buchhandlung!